Die schriftliche Bewerbung

Angelika Fuchs
Axel Westerwelle

Die schriftliche Bewerbung

- Individuelle Bewerbungsstrategien
- Praxisorientierte Musterbriefe
- Informatives Insiderwissen
- Extra: Die Online-Bewerbung

FALKEN

Im FALKEN Verlag sind weitere interessante Titel zum Bereich
Beruf und Karriere erschienen:
Das telefonische Job-Interview (Nr. 2569)
Die überzeugende Bewerbung (Nr. 2608)
Bewerbung für Hochschulabgänger (Nr. 2570)

Diese und weitere Titel sind überall dort erhältlich, wo es Bücher gibt.

Sie finden uns im Internet: **www.falken.de**

Der Text dieses Buches entspricht den Regeln der neuen deutschen Rechtschreibung.

Dieses Buch wurde auf chlorfrei gebleichtem und säurefreiem Papier gedruckt.

Ein Hinweis des Autorenteams: Nur der besseren Lesbarkeit halber verwenden wir im Text weitgehend die Formulierung „der Bewerber". Natürlich sind beide Geschlechter gleichermaßen angesprochen.

ISBN 3 635 2567 X

Umschlaggestaltung: Init GmbH, Bielefeld
Titelbild: Stock Market, Düsseldorf
Redaktion: Mirjam Karasek, Hampp Verlag, Stuttgart
Koordination und Schlussredaktion: Sabine Weeke
Layout: Ursula Buchwald, Hampp Verlag, Stuttgart
Herstellung: Hampp Verlag, Stuttgart

Satz: Rainer Maucher, Stuttgart
Druck: Ludwig Auer GmbH, Donauwörth

817 2635 4453 6271

Vorwort

Vielleicht sollte dieses Buch eher „Die schriftliche Bewerbung - ehrlich und individuell“ heißen, denn auf die Schnelle Papiere für eine Bewerbung zusammenstellen kann jeder. Sich jedoch von der Masse abzuheben und individuell zu brillieren, ohne dabei die Realität aus den Augen zu verlieren - das ist eine Kunst, die gelernt sein will. Mit diesem Buch kommen Sie Ihrem Ziel Schritt für Schritt näher. Vergleichen Sie die Bewerbung doch einfach mit einem Rennen. Bevor es an den Start geht, müssen Sie sich nicht nur intensiv vorbereiten, Sie müssen sich auch gründlich aufwärmen. Erst dann dürfen Sie sich in die Startblöcke begeben.
Auf dem Weg zum Ziel stellen sich dann viele Fragen:

- Wie bereite ich mich vor?
- Wo finde ich die für mich nützlichen Informationen?
- Wie formuliere ich ein gutes Anschreiben, ohne es aus Ratgebern zusammenzustückeln?
- Wie sieht ein aussagekräftiger Lebenslauf aus? Gibt es branchenspezifische Bewerbungen?
- Welches ist die optimale Form?
- Und nicht zuletzt: Wie wichtig sind Formalismen?

Zusammen mit Personalexperten und „Leidensgenossen“ haben wir einen Leitfaden geschaffen, der Ihnen zeigt, wie Sie Ihre individuelle schriftliche Bewerbung zusammenstellen. Kritisch analysierte und kommentierte Musterbriefe, Checklisten, Stärke-/Schwächeanalysen und viele Erfahrungsberichte von Bewerbern und Personalexperten führen Sie gezielt zu Ihrer perfekten schriftlichen Bewerbung. Weitere Informationen erhalten Sie auf unserer Internet-Site *www.falken.de.* Folgen Sie dort einfach den Anweisungen zum Passwort.
Wir hoffen, dass die Bewerber und Bewerberinnen eine schriftliche Bewerbung von nun an als Kür betrachten und nicht wie bislang als eine lästige Pflichtübung. Viel Erfolg!

Ihr Autorenteam

Inhalt

Check – Die Bestandsaufnahme

Bevor Sie daran denken, Unterlagen für eine Bewerbung zu erstellen, sollten Sie sich erst einmal zurücklehnen und über sich und Ihre Fähigkeiten nachdenken. Sie könnten das natürlich auch während des Schreibens machen, aber – Sie gehen ja auch nicht die Getränke für Ihr Fest einkaufen, während die bereits die ersten Gäste eintrudeln. Stellen Sie sich also vor der eigentlichen Bewerbung folgende Fragen: Was erwarten Sie von Ihrem zukünftigen Job? Und: Was können Sie dem Unternehmen bieten?

Ein Beispiel aus der Praxis

„In welchem Bereich unseres Unternehmens würden Sie gerne arbeiten?“ Achselzucken. „Wissen Sie, was wir machen?“ Pause. „Hm ... warum möchten Sie bei uns arbeiten?“ Plötzlich glänzen die Augen. „Weil ich Ihr Unternehmen einfach toll finde, die Atmosphäre, die Mitarbeiter. Ich würde gerne dazugehören.“ Von Seiten des Unternehmens fühlt man sich in so einem Fall zwar geschmeichelt, aber indirekt verlangt die Bewerberin, dass man sich für sie Gedanken macht, wohin sie am besten passen könnte.

Eine Vorstellung davon, was Sie beruflich machen möchten, sollten Sie schon haben. Es kann nicht sein, dass sich der Unternehmensvertreter Gedanken macht, wie er Sie am besten im Unternehmen unterbringt. Aber wie hätten Sie an Stelle des Interviewers im obigen Beispiel reagiert? Das Gespräch umgehend abgebrochen? Die Bewerberin darauf hingewiesen, dass man sich auf ein solches Bewerbungsgespräch besser vorbereitet? Oder gar nachgefragt, wer die Bewerbung in Wirklichkeit verfasst hat?

Unabhängig davon, ob Sie einen Ausbildungsplatz suchen oder als Hochschulabsolvent den Einstieg in ein Unternehmen schaffen wollen, eines sollten Sie immer beachten: Die Hausaufgaben macht man zu Hause, alleine oder mit Hilfe kompetenter Berater. Zum Unternehmen sollte man erst dann gehen, wenn man weiß, was man will und was man dem Unternehmen bieten kann. Leider wird immer noch zu wenig Wert darauf gelegt, sich wirklich zunächst mit sich selbst zu beschäftigen, bevor man sich bewirbt.

Lernen Sie sich selbst kennen

Nutzen Sie die Bewerbungsphase, um sich selbst kennen zu lernen. Denken Sie daran: Bewerbung kommt von „Werbung". Wenn Sie im Bewerbungsgespräch Ihre Ziele, Stärken und Vorzüge nicht eindeutig benennen können, vergeben Sie sich dadurch Chancen. Nur wenn Sie wissen, was und wohin Sie wollen, sind Sie in der Lage, sich mit Überzeugung zu präsentieren und sich Ihrem zukünftigen Arbeitgeber zu „verkaufen".

Die folgenden Fragen sollen Ihnen helfen, Ihren Stärken und auch Schwächen auf die Spur zu kommen. Beantworten Sie sich - am besten mit Notizblock und Stift - alle Fragen zu Ihren persönlichen, fachlichen und beruflichen Qualifikationen. Analysieren Sie im Anschluss daran, welche Fähigkeiten besonders ausgeprägt sind und an welchen Schwächen Sie in Zukunft noch arbeiten müssen. Ziel ist, Ihre Selbstanalyse in wenigen Worten überzeugend zusammenzufassen.

Persönliche Qualifikation

Checkliste:
Fragen zu Ihrer persönlichen Qualifikation

- ☑ Wie sehen Sie sich?
- ☑ Welches sind Ihre positiven und negativen Eigenschaften?
- ☑ Sind Sie eher ein Optimist oder eher ein Pessimist?
- ☑ Sind Sie jemand, der Probleme und Aufgaben realistisch einschätzt und angeht, oder eher jemand, der sie verdrängt?
- ☑ Was würden Menschen, die Sie kennen, über Sie sagen?
- ☑ Gehören Sie zu den Menschen, die unter Druck zu Hochform auflaufen oder eher zu denjenigen, die nervös und hektisch werden?
- ☑ Bevorzugen Sie es, mehrere Aufgaben gleichzeitig zu bearbeiten oder konzentrieren Sie sich lieber auf eine bestimmte?
- ☑ Lösen Sie Aufgaben lieber alleine oder im Team?
- ☑ Gehen Sie von sich aus auf Menschen zu oder sind Sie eher derjenige, der angesprochen werden möchte?
- ☑ Wenn Sie sich für eine Aufgabe entschieden haben, tun Sie alles, um diese Aufgabe zu Ende zu bringen, oder tendieren Sie dazu, schnell zu resignieren?

Der Experten-Tipp von Christine Öttl und Gitte Härter, objektiv. Management & Qualität in München

So erkennen Sie sich selbst

1. Erstellen Sie eine Liste

Um genau zu sein, empfiehlt es sich, eine Liste mit zwei Spalten anzulegen: eine für Ihre Stärken, eine für Ihre Schwächen.

Als Überschrift wählen Sie:

Das kann ich gut – Das finde ich gut an mir	Das kann ich nicht so gut – Darüber ärgere ich mich

Diese Liste sollte mehrere Tage auf dem Küchentisch oder an einem anderen häufig genutzten Platz liegen, sodass Sie sie immer wieder ergänzen können. Es kommen sicherlich viele Punkte zusammen. Setzen Sie dann Prioritäten. Da in der Bewerbung oder im Vorstellungsgespräch immer nur ein Bruchteil der Stärken und Schwächen zur Sprache kommen kann, sollten Sie diejenigen, die Sie erwähnen möchten, genau auswählen. Geben Sie Beispiele an, um diese Stärken/Schwächen zu illustrieren.

2. Versetzen Sie sich in Ihre Bekannten und Freunde

Es ist nicht leicht, selbst zu erkennen, wie man ist. Manche Aspekte fallen Ihnen sicherlich ein, wenn Sie überlegen: Was würde meine Mutter über mich sagen oder mein Vater/ Bruder/ Freund/ Lehrer ... das soziale Umfeld eben? Das fällt oft leichter und bringt zusätzliches Feedback.

3. Fragen Sie andere Menschen

Ergänzend dazu kann es helfen, andere Menschen über sich zu befragen. Ein schönes Beispiel ist ein Bekannter von uns, der, als er sich beworben hat, einen richtigen Fragebogen entworfen und diesen unter seinen Verwandten/Freunden/Bekannten mit der Bitte um aufrichtiges Feedback verteilt hat. Das ist eine gute Methode, sich besser kennen zu lernen – aus der Sicht anderer.

- Sind Sie ein Mensch, der nach dem Motto „öfter mal eine andere Aufgabe“ lebt, oder eher jemand, der Beständigkeit liebt?
- Gehören Sie zu den Menschen, die Projekte oder Aufgaben maßgeblich vorantreiben oder eher zu denen, die begeistert mitarbeiten?
- Sind Sie das geborene Organisationstalent?
- Was würden Menschen, die Sie kennen, über Sie sagen?

Wichtig ist, dass Sie sich auch selbst den Erfolg gönnen, wenn Ihnen etwas aufgrund Ihrer Fähigkeiten gut gelungen ist. Bei den Schwächen sollten Sie sich direkt überlegen, was Sie tun können und werden, um sich zu verbessern oder die Schwächen auszugleichen. Dies gilt nicht nur für die jeweilige Stelle, sondern auch für sich selbst.

Fachliche Qualifikation

Checkliste:
Fragen zu Ihrer fachlichen Qualifikation

- Welche Fächer haben Ihnen während der Schulausbildung besonders viel Spaß gemacht?
- In welchen Fächern waren Sie besonders gut/besonders schlecht?
- Welche Sprachen sprechen Sie?
- Ist es Ihnen leicht gefallen, Sprachen zu lernen?
- Arbeiten Sie bereits mit dem Computer?
- Welche Kenntnisse haben Sie im Umgang mit dem Computer erworben?
  - Programmierkenntnisse
  - Hardwarekenntnisse
  - Anwenderkenntnisse
- Hatten Sie schon einmal die Gelegenheit, ein Projekt zu bearbeiten? Waren Sie der Projektleiter oder ein Teammitglied? Welche Erfahrungen haben Sie gesammelt?
- Wie sind Sie an diese Projekte herangegangen?
- Welche Fähigkeiten haben Sie dabei erlangt?
- Waren Sie erfolgreich?
- Worin sind Sie ein Experte?
- Welche Fähigkeiten haben Sie während Ihrer Berufsausbildung bzw. während Ihres Studiums auf- oder ausgebaut? Haben Sie Schwerpunkte in der Ausbildung gesetzt?
- In welchen Bereichen möchten Sie dazulernen?
- Wenn man Sie fragen würde, was man von Ihnen auf fachlicher Basis lernen könnte, wie würde Ihre Antwort lauten?

Die fachlichen Qualifikationen sind, wie Sie sehen, wesentlich leichter und wahrscheinlich auch ehrlicher zu beantworten. Im Prinzip geht es um Ihre Ausbildung mit den jeweiligen Schwerpunkten und um Ihr Know-how, das Sie sich im Laufe Ihres Berufslebens angeeignet haben – Ihr Fachwissen also.

Was unterscheidet Sie fachlich von Ihren Mitbewerbern?

Überlegen Sie, welches Know-how Sie in den Augen des Arbeitgebers im Vergleich mit anderen Bewerbern Ihrer Ausbildungsstufe besonders interessant erscheinen lassen könnte. Oder anders formuliert: Welche Kenntnisse haben Sie zusätzlich erworben? Welches Fachwissen können Sie vorweisen, das über den Inhalt der Ausbildung hinausgeht? Listen Sie diese Argumente inhaltlich ausführlich auf und formulieren Sie in Gedanken, warum gerade Sie einem Kommilitonen oder Kollegen vorgezogen werden sollten.

Berufliche Qualifikation

Im nächsten Schritt sollten Sie sich mit Ihrer beruflichen Qualifikation auseinander setzen. Dazu gehören nicht nur Praktika, sondern auch Ihr privates Engagement wie beispielsweise Vereins- oder Aushilfstätigkeiten sowie Aktivitäten im privaten Bereich. Wenn Sie überdurchschnittlich lange für Ihre Ausbildung oder Ihr Studium gebraucht haben, weil Sie zum Beispiel nebenher im Deutschlandachter rudern, sollten Sie das auf jeden Fall erwähnen.

Checkliste: Fragen zu Ihrer beruflichen Qualifikation

Stellen Sie sich folgende Fragen:

- ☑ Welche beruflichen Tätigkeiten haben Sie ausgeübt?
- ☑ Warum haben Sie sich für Ihren jetzigen Beruf entschieden? Würden Sie diesen Weg noch einmal einschlagen?
- ☑ Haben Sie während Ihrer beruflichen Tätigkeit Schwerpunkte gesetzt? Worin lagen die Schwerpunkte dieser Tätigkeiten?
- ☑ Welche Positionen hatten Sie inne? In welcher Position haben Sie sich wohl gefühlt, in welcher weniger?
- ☑ Liegt es Ihnen, ein Projekt zu leiten und Menschen zu führen?
- ☑ Welche Erfahrung haben Sie mit Budgetverantwortung gemacht?
- ☑ Fühlen Sie sich wohl in der Rolle als Entscheider?
- ☑ Wie beständig sind Sie in Bezug auf Ihre Berufslaufbahn?
- ☑ Sind Sie ein Karrieretyp?
- ☑ Haben Sie in Bezug auf Ihre berufliche Laufbahn ein klares Ziel vor Augen?
- ☑ Wo liegen Ihre Stärken im Hinblick auf Ihr berufliches Fortkommen?
- ☑ Lieben Sie Ihren Beruf?

Unterschätzen Sie die Frage nach Ihrem Erfolg nicht. Ihre Antwort spiegelt nicht nur Ihre persönlichen Neigungen und Fähigkeiten wider, sondern ist meist auch der Schlüssel zu weiteren positiven Fortschritten. Richten Sie Ihren Blick aber auch ganz bewusst nicht nur auf Ihre Erfolge und Wünsche, sondern auch auf Misserfolge und Krisensituationen. Waren Sie mit einer bestimmten Situation schon einmal überfordert? In welcher Situation haben Sie sich wohl gefühlt, in welcher weniger? Konnten Sie sich nur schwer in neue Sachverhalte einarbeiten? Was haben Sie daraus gelernt? Wie würden Sie das nächste Mal reagieren? Wie wichtig eine realistische Einschätzung der eigenen beruflichen und fachlichen Kompetenzen und Möglichkeiten ist, zeigt das folgende Beispiel:

Ein Beispiel aus der Praxis

Für den Bereich „Telefonverkauf" wurde ein Mitarbeiter gesucht. Martin M. erschien qualifiziert. Im zweiten entscheidenden Gespräch bestätigte er uns, dass Teamarbeit und Akquise zu seinen Qualifikationen gehörten. Wenige Tage nach seiner Einstellung stellte sich jedoch heraus, dass Martin weder teamfähig war noch telefonieren konnte. Unter Teamfähigkeit verstand er, mit mehreren Menschen in einem Raum zu sitzen und sich mit ihnen zu verstehen. Einfache Gespräche am Telefon zu führen, bezeichnete er als Akquise. Ein Fehlgriff! Schade für das Unternehmen, schade für den Bewerber. Hätte er sich in der Vorbereitungsphase mehr mit sich auseinander gesetzt, wäre ihm das erspart geblieben.

Auf den Punkt gebracht

Haben Sie die wichtigsten Fakten gespeichert?

So, die Bestandsaufnahme wäre geschafft. Ist sie das wirklich? Sind Sie in der Lage, die oben aufgeführten Punkte in wenigen Sätzen zusammenzufassen? Probieren Sie es doch einfach mal.

Wenn Sie sich wirklich mit sich beschäftigt haben, können Sie jetzt

- in etwa zwei Minuten zusammenfassen, wer Sie sind und was Sie können;
- in weniger als drei Minuten die wichtigsten Stationen Ihres Lebenslaufs aufzählen;
- und in wenigen Sätzen aussagen, welche Kenntnisse bzw. Fähigkeiten Sie für Ihren zukünftigen Arbeitgeber qualifizieren.

Warming-up –
Die berufliche Zielfindung

Nach Ihrem „Check“ sind Sie sich im Klaren darüber, welches Ihre persönlichen und fachlichen bzw. beruflichen Qualifikationen sind. Stellen Sie sich nun die Frage, wohin Ihre Reise gehen soll. Welches Berufsbild streben Sie an? Wahrscheinlich wird es vielen gar nicht so leicht fallen, diese Frage spontan zu beantworten. Die eigenen Fähigkeiten und Stärken zu kennen, ist eine Sache, die beruflichen und privaten Ziele zu definieren eine andere. Entwickeln Sie also zunächst Ihren persönlichen Lebens- und Karriereplan.

Wohin soll die Reise gehen?

Sind Sie gewillt, an jedem Ort der Welt zu arbeiten? Sind Sie zu jeder Tages- und Nachtzeit einsatzbereit? Lieben Sie es, Tausende von Kilometern im Auto zurückzulegen? Arbeiten Sie gerne rund um die Uhr? Ja, ja, ja oder ja? Welche Wünsche und Interessen verfolgen Sie privat und beruflich? Was ist Ihnen wichtig?

Persönliche Wünsche und Ziele

Checkliste

- ☑ Was möchten Sie persönlich in der Zukunft erreichen?
- ☑ Wo möchten Sie arbeiten (Land, Stadt)?
- ☑ Welchen Stellenwert hat Ihr Privatleben?
- ☑ Welchen Stellenwert hat Ihre Freizeit?
- ☑ Wie viel Freizeit und Urlaub benötigen Sie im Jahr?
- ☑ Welche privaten Ziele haben Sie für die nächsten Jahre (Familienplanung, Hausbau etc.)?
- ☑ Welche persönlichen Gründe sprechen für einen Arbeitsplatz- oder Berufswechsel, welche dagegen?

Berufliche Wünsche und Ziele

Checkliste

- ☑ Was ist wichtig für Ihre berufliche Zufriedenheit?
- ☑ In welchem Bereich, welcher Branche möchten Sie arbeiten?
- ☑ Wollen Sie lieber in einem kleinen, mittleren oder großen Unternehmen arbeiten?
- ☑ Welche betriebliche Organisationsstruktur bevorzugen Sie?
- ☑ Suchen Sie als Berufsanfänger den direkten Einstieg oder wollen Sie erst ein Trainee-Programm absolvieren?
- ☑ Legen Sie Wert auf Kundenkontakt?
- ☑ Sind Sie bereit, zahlreiche Geschäftsreisen in Kauf zu nehmen?
- ☑ Arbeiten Sie lieber alleine oder im Team?
- ☑ Was hat Ihnen an Ihren bisherigen praktischen/beruflichen Tätigkeiten am besten gefallen? Was hat Ihnen nicht gefallen? Was möchten Sie in Zukunft ändern?
- ☑ Welche Position wollen Sie langfristig erreichen (Zeitraum)? Welche Qualifikationen fehlen Ihnen, um dieses Ziel zu erreichen?
- ☑ Wie viel wollen Sie verdienen?

Die Wahl der Branche

Haben Sie sich schon einmal intensiv Gedanken darüber gemacht, welches das richtige Unternehmen für Sie wäre? Die Wahl der Branche dürfte noch recht leicht fallen, da diese zum einen von der persönlichen Neigung, zum anderen aber auch von Ihrer Ausbildung abhängt. Ein Stückchen weit hat man sich mit der Ausbildung ja schon festgelegt. Ganz so flexibel lassen sich die Branchen also nicht mehr auswählen. Ein Biologe wird kaum im Finanzbereich tätig sein, ein Geisteswissenschaftler nicht vorrangig im IT-Sektor. Das Gleiche gilt für die klassischen Ausbildungsberufe: Ein Zimmermann wird sich sicher ebenso selten bei einer Bank bewerben wie die Bankkauffrau als Programmiererin bei einem EDV-Unternehmen.

Aber Ausnahmen bestätigen natürlich die Regel, denn Neigungen und Fähigkeiten kennen keine Grenzen. Warum sollte ein Ingenieur mit Sinn fürs Kreative nicht in einer Werbeagentur einsteigen oder ein Naturwissenschaftler mit einem Faible fürs Schreiben in einem Verlagshaus?

Chancen auch bei unkonventionellem Werdegang

Überzeugen Sie Ihren potenziellen Arbeitgeber und Sie bekommen auch bei unkonventioneller beruflicher Vorbildung eine Chance. Sofern Sie die Entscheidung für Ihre Wunschbranche nicht ohnehin schon getroffen haben, wird die Wahl nach einer gründlichen Selbstanalyse sicherlich leichter fallen.

Berufliche Zielfindung

Erwarten Sie ...	Oder erwarten Sie ...
☒ Freiraum für die eigene Zielfindung?	☐ klar strukturierte Vorgaben und Ziele?
☒ viele wechselnde kleine Projekte, häufig neue Aufgaben?	☐ langfristig laufende Projekte?
☒ Zusammenarbeit mit vielen verschiedenen Leuten?	☐ Zusammenarbeit mit den gleichen Leuten?
☒ Projektverantwortung?	☐ statt Projektverantwortung mehr Personalverantwortung?
☒ selbstständiges Arbeiten, ein hohes Risiko, große Herausforderungen?	☐ ein geringes Risiko, eine minimale Wahrscheinlichkeit von Fehlern?
☒ kreatives Arbeiten mit vielen Neuerungen?	☐ wenig kreative Anforderungen?
☒ eine wenig technische Orientierung?	☐ eine sehr technische Orientierung?
☐ die Anwendung eines breiten Spektrums an Fertigkeiten?	☒ hohe Anforderungen an eine Spezialisierung Ihrer Fähigkeiten?
☐ schnelles Arbeiten, kurzfristige Stichtage, einen hohen Erfolgsdruck?	☒ gemäßigtes Arbeiten, keine überstürzten Termine, einen niedrigen Erfolgsdruck?
☒ hohe Entscheidungsbefugnis und Verantwortlichkeit?	☐ eingeschränkte Entscheidungsverantwortlichkeit?
☒ die Chance, Mitarbeiter zu führen?	☐ eine Position, in der Sie keine Mitarbeiter führen müssen?
☒ Teamarbeit?	☐ eine Position, in der Sie bevorzugt alleine arbeiten?
☐ personenbezogenes Arbeiten?	☒ sachbezogenes Arbeiten?
☒ detailliertes Arbeiten?	☐ globales Arbeiten?
☐ ständigen Kundenkontakt?	☒ wenig Kundenkontakt?
☒ Arbeit im Innendienst?	☐ Arbeit im Außendienst?
☒ eine ausgedehnte Reisetätigkeit?	☐ eine geringe oder keine Reisetätigkeit?

Erwarten Sie ...	**Oder erwarten Sie ...**
☐ flexible Arbeitszeiten?	☒ feste Arbeitszeiten?
☒ Arbeit nach Dienstschluss nach Hause mitzunehmen, um auch privat über Problemstellungen nachzudenken?	☐ reines Arbeiten am Arbeitsplatz, ohne zu Hause darüber nachdenken zu müssen?
☒ überwiegendes Arbeiten in Räumen?	☐ überwiegendes Arbeiten im Freien?
☐ ein deutsches Management?	☒ ein internationales Management?
☒ häufige Besprechungen mit Vorgesetzten?	☐ seltene Gespräche mit Vorgesetzten?
☒ ein enges Zusammenarbeiten mit Vorgesetzten?	☐ ein lockeres Zusammenarbeiten mit Vorgesetzten?
☐ häufige und detaillierte Leistungsbeurteilungen?	☒ seltene und allgemein gehaltene Leistungsbeurteilungen?
☒ Aufstiegsmöglichkeiten ins höhere Management?	☐ geringe Aufstiegsmöglichkeiten ins höhere Management?
☐ eine freie Mitarbeit?	☒ eine Festanstellung?
☐ eine erfolgsabhängige Bezahlung?	☒ ein fixes Gehalt?
☐ viele Überraschungen bei der Arbeit?	☒ einen vorhersehbaren Arbeitsaufwand?

Welche Unternehmensgröße darf es sein?

Bevor Sie sich auf die Suche nach dem passenden Arbeitgeber begeben, sollten Sie sich Gedanken darüber machen, welche Betriebsgröße Sie bevorzugen. Die meisten Bewerber kennen und nennen nur die „Großen", jene Betriebe mit Image und Namen. Was aber ist mit den Mittelständlern oder den Kleinunternehmen? Ist es Ihnen wichtiger, „im Schoß" eines Großunternehmens Karriere zu machen und von den Möglichkeiten der Aus- und Weiterbildung und dem Image eines Weltunternehmens im Lebenslauf zu profitieren? Oder suchen Sie von Beginn an die Herausforderung, das Risiko und die Flexibilität des kleineren Unternehmens? Wägen Sie die Vor- und Nachteile der verschiedenen Firmengrößen für sich ab.

Kleine und mittlere Unternehmen

Ein Muss: Selbstständiges und eigenverantwortliches Arbeiten

Kleine und mittelständische Unternehmen zeichnen sich durch flache Hierarchien aus und garantieren schnelle Projekt- und frühe Führungsverantwortung. Schon als Berufseinsteiger sind Sie entsprechend gefordert. Gleichzeitig sind jedoch die Aufstiegsmöglichkeiten vergleichsweise begrenzt. Selbstständiges Arbeiten und eigenverantwortliches Handeln sind ein absolutes Muss. Rechnen Sie auch damit, dass die Einarbeitungsphase oftmals einem Sprung ins „kalte Wasser" entspricht und es keine Schonzeit gibt. Das Budget für Aus- und Weiterbildung ist meist viel geringer als in Großunternehmen. Oftmals müssen Sie sich selbst um Ihre Weiterbildung kümmern. Dafür ist das Arbeitsklima in solchen Unternehmen oft noch familiär – man kennt sich eben.

Womit Sie bei der Bewerbung für ein kleines oder mittleres Unternehmen rechnen müssen:

- wenig Vorabinformationen über das Unternehmen;
- wenig oder keine Erfahrung der Gesprächspartner in der Personalauswahl;
- unstrukturierte Vorstellungsgespräche;
- ggf. sehr junge Chefs mit oftmals wenig Interviewerfahrung;
- ein wenig konkretes Anforderungsprofil für die zu besetzende Position.

Wenn Sie sich für ein kleines junges Unternehmen interessieren und begeistern, sollten Sie nicht die Sicherheit suchen. Unternehmergeist, Ehrgeiz, Einsatz, selbstständiges und eigenverantwortliches Arbeiten sowie Spaß, etwas Neues zu schaffen, sollten Ihre Ziele sein.

Großunternehmen

Mehr Sicherheit, weniger Verantwortung

Großunternehmen bieten in der Regel mehr Sicherheit. Berufsanfänger werden meist über mehrere Monate eingearbeitet. Oftmals stellt man ihnen sogar einen „Mentor" als Ansprechpartner zur Seite. Die Aufstiegsmöglichkeiten sind meist besser als in kleinen und mittelständischen Unternehmen, da die Hierarchien weniger flach sind. Gehen Sie jedoch davon aus, dass Sie als Berufsanfänger weder über Projekt- noch über Führungsverantwortung verfügen. Die Atmosphäre ist anonymer als in kleinen und mittelständischen Unternehmen. Unschlagbar sind jedoch die Aus- und Weiterbildungsangebote der Großunternehmen, da die Budgets weitaus größer angelegt sind als in kleinen Unternehmen.

Sie sehen, es ist in der Tat eine grundsätzliche Entscheidung, ob man ein Verkäufer von vielen bei einer Kaufhauskette ist oder einer von zwei Verkäufern in einer Edelboutique in der Münchner Maximilianstraße.

Gründe für den Wechsel

Einen Traumjob zu ergattern, muss auch im globalisierten Wirtschaftsgeschehen nicht unmöglich sein. Wenn Sie aber Ihren vermeintlichen Traumjob „satt" haben und wechseln wollen, sieht die Lage etwas anders aus: Neben der Entscheidung, welches Unternehmen und welche Position es denn nun sein soll, müssen Sie sich jetzt auch mit den Gründen für den Wechsel auseinandersetzen. Denn danach wird jeder Interwiewpartner fragen.

Unser Tipp:

Wechseln Sie Ihren Arbeitsplatz niemals aus einer Laune heraus. Jeder neue Arbeitsplatz bringt Vor- und Nachteile mit sich, die im Vorfeld nicht ohne weiteres erkennbar sind. Bereiten Sie daher Ihren Arbeitsplatzwechsel langfristig vor, um die damit zwangsläufig verbundenen Risiken zu minimieren – und um gleiche Fehler möglicherweise nicht nochmals zu begehen.

Tipp zum Arbeitsplatzwechsel

Formulieren Sie ganz konkret Ihre Erwartungen. Vor allem aber: Fragen Sie sich, warum Sie Ihre vertraute Stelle aufgeben wollen. Die folgenden Fragen helfen Ihnen vielleicht, sich Klarheit zu verschaffen.

Ihre jetzige Position

Checkliste: ***Fragen zu Ihrer derzeitigen Position***

- ☑ Macht Ihnen die Arbeit Spaß?
- ☑ Wenn ja, was ist es, was Ihnen Spaß macht?
- ☑ Wenn nein, woran liegt es, dass es keinen Spaß mehr macht?
- ☑ Arbeiten Sie alleine, obwohl Sie Teamarbeit bevorzugen?
- ☑ Werden Sie über- oder unterfordert?
- ☑ Können Sie Ihr Fachwissen richtig zum Einsatz bringen?
- ☑ Können Sie Ihre persönlichen Qualitäten richtig entfalten?
- ☑ Sind Ihre Kompetenzen klar geregelt?
- ☑ Welche Entwicklungschancen bieten sich Ihnen?
- ☑ Wird einer Ihrer Kollegen offensichtlich bevorzugt?
- ☑ Kommen Sie mit Ihren Vorgesetzten zurecht?
- ☑ Wer würde Ihre Kündigung bedauern?

- Wer würde sich über Ihre Kündigung freuen und warum?
- Verdienen Sie genug?
- Wurde Ihnen bei der Einstellung etwas versprochen, was nicht eingehalten wurde? Woran liegt das?

Oft kommt es vor, dass man eine Firma mit einem lachenden und einem weinenden Auge verlässt. Eine Kollegin sagte einmal: „Wenn ich, um mich für die Firma und meine Arbeit zu motivieren, mehr Kraft und Energie investieren muss als für die Jobsuche, ist es Zeit zu gehen." Es sind in der Regel aber nicht nur subjektive Gründe, die den Wunsch für einen Jobwechsel ins Rollen bringen. Äußere Faktoren wie Versetzung des Partners in eine andere Stadt, Kinder(-wunsch), Berufsunfähigkeit, Reorganisation, Verkauf oder Schließung des Unternehmens beeinflussen die Entscheidung selbstverständlich ebenso.

Ihre jetzige Firma

Checkliste: Fragen zu Ihrer derzeitigen Firma

- Welche Vorzüge bietet Ihnen dieses Unternehmen?
- Werden neue Mitarbeiter eingestellt? In welchen Bereichen?
- Verlassen gute Mitarbeiter das Unternehmen? Warum?
- Hat sich das Arbeitsumfeld verändert (Umstrukturierungsmaßnahmen)?
- Besteht die Gefahr, dass Mitarbeiter aufgrund von Umstrukturierungsmaßnahmen entlassen werden?
- Hat sich an den Eigentumsverhältnissen etwas Wesentliches geändert?
- Wie steht es mit Auftragsbestand und Ertragslage?
- Baut die Firma freiwillige Leistungen ab?

Haben Sie bereits eine neue Stelle oder auch nur einen potenziellen neuen Arbeitgeber ins Auge gefasst, so verdeutlichen Sie sich auch hier einige wichtige Aspekte und vergleichen Sie dann die Ergebnisse.

Fragen zur potenziellen neuen Firma

- Trauen Sie sich zu, die angebotene neue Aufgabe zu bewältigen?
- Welche Vorteile bietet Ihnen der neue Arbeitgeber?
- Sind die Vorteile so erheblich, dass sie die Risiken bzw. Unsicherheiten, die mit einem Arbeitsplatzwechsel verbunden sind, aufwiegen?

Nur wenn Sie die letzte Frage nach Abwägung aller Gesichtspunkte bejahen können, sollten Sie sich von Ihrem bisherigen Arbeitgeber trennen. Vielleicht genügt aber auch schon ein klärendes Gespräch und Ihr jetziger Job ist wieder Ihr Traumjob.

Ganz anders sieht es aus, wenn Ihr Bereich wegrationalisiert wird oder Ihr Unternehmen mit einem anderen fusioniert und die Bereiche zusammengelegt werden. Die Arbeit kann dann noch so viel Spaß machen, die Gefahr, dass Sie über kurz oder lang Ihren Job verlieren, ist gegeben. Agieren Sie in diesem Fall und sprechen Sie frühzeitig mit Ihren Vorgesetzten. Verlassen Sie sich nicht auf Gerüchte und wilde Spekulationen. Verschließen Sie aber auch nicht die Augen vor unangenehmen Dingen wie schlechter Auftragslage, Entlassungswellen oder anstehenden Umstrukturierungen. Ein sinkendes Schiff sollte man verlassen, bevor man nasse Füße bekommt.

Wo finde ich meinen Traumjob?

Mittlerweile dürften Sie eine ziemlich genaue Vorstellung davon haben, wie Ihr zukünftiges Unternehmen, vielleicht sogar Ihre zukünftige Aufgabe aussehen sollte. Nachdem Sie sich ausführlich mit Ihren Zielen und Vorstellungen auseinander gesetzt haben gilt es jetzt, die andere Seite der Medaille zu betrachten: Die Unternehmen sind an der Reihe. Auch sie haben bestimmte Erwartungen und Wünsche an Sie als potenziellen Kandidaten. Welche, das können Sie den Stellenanzeigen, Imageanzeigen oder aber auch in Gesprächen mit Unternehmensvertretern ermitteln. Doch bevor Sie konkret das Anforderungsprofil der Unternehmen unter die Lupe nehmen und analysieren, stellt sich erst einmal die Frage, wo man Jobangebote findet.

▸ *Anforderungsprofil: siehe Seite 30*

Bei der Suche nach dem Traumjob stehen sicherlich nach wie vor das Arbeitsamt und die Stellenanzeigen in regionalen und überregionalen Tageszeitungen sowie in Fachzeitschriften an vorderster Stelle. Neben den klassischen Möglichkeiten bieten sich Jobsuchenden mittlerweile jedoch eine Vielzahl weiterer Alternativen:

Printmedien

In Zeitungen, Zeitschriften und Katalogen finden sich auch heute immer noch Stellenanzeigen in Hülle und Fülle. Zumeist in den Wochenendausgaben gibt es hier Hunderte, in manchen Zeitungen auch Tausende von verschiedensten Arbeitsangeboten.

Nicht nur die führenden überregionalen deutschen Tageszeitungen

- Frankfurter Allgemeine Zeitung (FAZ),
- Süddeutsche Zeitung (SZ),

Führende deutsche Tageszeitungen

- Die Zeit (geisteswissenschaftlich und sozialwissenschaftlich orientiert),
- Die Welt (kaufmännisch orientiert),
- Das Handelsblatt (kaufmännisch orientiert),
- Frankfurter Rundschau,
- VDI-Nachrichten (ingenieur-technisch orientiert),

auch viele regionale Tages- oder Wochenzeitungen bieten interessante Arbeitsmöglichkeiten. Allein in Berlin stehen Ihnen u. a. die Berliner Morgenpost (größter Arbeitsmarkt), die Berliner Zeitung oder auch der Tagesspiegel (kaufmännisch orientiert) zur Verfügung. Darüber hinaus bieten viele Fachzeitschriften zwar einen umfangmäßig kleinen, dafür aber außergewöhnlich spezialisierten Arbeitsmarkt. Eine detaillierte Aufführung würde hier den Rahmen sprengen, orientieren Sie sich in Ihrer Bibliothek.

Jobbörsen

Bei der gezielten Suche nach freien Positionen werden Sie mit Sicherheit auch auf den Internetseiten der jeweiligen Unternehmen fündig. Wenn Sie jedoch ganz unverbindlich nach Jobofferten suchen oder sich initiativ bewerben wollen, lohnt es sich, neben den Printstellenangeboten die Jobbörsen im Netz zu durchforsten. Der Vorteil: Zu jeder Zeit, von jedem Ort aus können sämtliche Stellenmärkte der Welt aufgerufen werden. Das Angebot an virtuellen Stellenmärkten ist vielfältig. Professionelle Jobbörsen von Personalberatern, Hochschulen und Verlagen tummeln sich neben virtuellen „Blättchen", die ebenfalls Stellenanzeigen publizieren.

Zu den Stellenmärkten der Welt

Eine gute Orientierung bieten Jobsuchmaschinen, die gleich mehrere Jobbörsen nach Angeboten durchsuchen – und das mit einer erstaunlichen Geschwindigkeit und komfortablen Suchfunktionen. Bei der Suche nach der für Sie geeigneten Jobbörse sollten Sie Folgendes beachten:

Checkliste: Fragen zur geeigneten Jobbörse

- ☑ Gehören Sie zur Zielgruppe dieser Jobbörse (z. B. Hochschulabsolvent)?
- ☑ Ist die Jobbörse übersichtlich und leicht zu bedienen? Wird Ihnen erklärt, wie Sie vorgehen müssen?
- ☑ Können Sie gezielt nach Ihren Vorstellungen suchen? Ist die Darstellung der Suchergebnisse komfortabel und entspricht sie den Suchkriterien?
- ☑ Ist das Alter der Stellenanzeigen erkennbar – oder laufen Sie Gefahr, sich auf ein völlig veraltetes Angebot zu bewerben, an das sich im Unternehmen keiner mehr erinnern kann?

- ☑ Wie regelmäßig werden die Daten aktualisiert?
- ☑ Erhalten Sie alle relevanten Daten zur Stelle?
- ☑ Werden Sie von den Betreibern auf Datensicherheit bzw. Risiken der Datenübertragung im Internet hingewiesen, wenn Sie Ihre Bewerbung ins Internet stellen möchten? Können Sie auch anonym nach einer Stelle suchen?
- ☑ Ist die Kontaktaufnahme mit den Unternehmen unkompliziert?
- ☑ Wird deutlich, wer hinter der Jobbörse steht? Gibt es Kontaktmöglichkeit mit dem Betreiber?

Im Anhang finden Sie eine detaillierte Übersicht über die wichtigsten Jobbörsen in Deutschland, Österreich und der Schweiz.

Der andere Weg zum Traumjob – Die Initiativbewerbung

Was aber, wenn Sie nicht warten wollen, bis endlich die ideale Anzeige veröffentlicht wird? Ergreifen Sie doch einfach selbst die Initiative: Drehen Sie den Spieß um und gehen Sie aktiv auf das Unternehmen Ihrer Wahl zu. Früher nannte man diese Vorgehensweise „Blindbewerbung", heute sind es Initiativbewerbungen.
Keine Chance, sagen Sie? Ganz im Gegenteil! Es ist zwar erwiesen, dass die Bewerbung auf eine Print-Stellenanzeige immer noch eine der am häufigsten genutzten Bewerbungsstrategien ist, die schriftliche Initiativbewerbung folgt jedoch dicht auf dem zweiten Platz, die telefonische Bewerbung immerhin auf Platz 3.

Eigeninitiative leicht gemacht

Heißt das, ich kann meine Unterlagen einfach losschicken? Nicht ganz. Noch mehr als bei den Bewerbungen auf Anfrage müssen Sie bei der Initiativbewerbung auf sich aufmerksam machen. Es gibt mehrere Möglichkeiten, Eigeninitiative zu ergreifen:

Möglichkeiten der Initiativbewerbung

- schriftlich per Post,
- schriftlich (online),
- telefonisch,
- persönlich auf Messen, Foren, Seminaren,
- via Personalberater, ▸ *siehe Seite 24*
- nicht zu vergessen, das Print-Stellengesuch ▸ *siehe Seite 26*
- und das Online-Stellengesuch. ▸ *siehe Seite 28*

Unabhängig davon, welchen Weg Sie wählen, sollten Sie sich hundertprozentig sicher sein, was Sie wirklich wollen. Aus welchem Grund sollte sich ein Personalleiter mit Ihnen beschäftigen, wenn eigentlich gar kein Bedarf besteht? Sagen Sie es ihm. Sei es mit einer gut aufbereiteten Bewerbungsmappe, einem knackigen E-Mail oder einem überzeugenden Telefonat. Sollten Sie sich für den direkten Weg – wie etwa einen Messebesuch – entscheiden, so lautet die erste Frage hoffentlich nicht: „Ich bin Absolvent der Berufsfachschule Furtwangen. Wie kann ich bei Ihnen anfangen?" Mit einer Formulierung wie „Guten Tag, mein Name ist ..., ich bin Absolvent der Berufsfachschule Furtwangen und interessiere mich für ..." fallen Sie nicht gleich mit der Tür ins Haus. Vielleicht ergibt sich ja auch ganz zufällig ein guter Einstieg. Warten Sie nicht, bis man auf Sie zukommt, sondern ergreifen Sie die Initiative.

Der Weg über den Personalberater

Ein Erfahrungsbericht von Markus B., Psychologe

„Stell dir vor, du schickst nur eine Bewerbung weg und darauf melden sich viele verschiedene Unternehmen aus Deutschland oder sogar weltweit. Utopie? Keineswegs, denn genau so funktioniert das System einiger Personalberatungen. Konkret: Ich habe meinen Lebenslauf zu verschiedenen Personalberatungen geschickt und schon kurz darauf konkrete Stellenausschreibungen unterschiedlicher Top-Unternehmen erhalten. Und alles kostenlos."

Dienstleister für Unternehmen und Bewerber

Personalberater können Jobsuchenden das Leben zwar vereinfachen, doch leider ist dieser Weg oftmals den Akademikern vorbehalten. Auch war es bislang nicht üblich, sich bei einem Personalberater zu bewerben: Man wurde angesprochen. Da sich der Arbeitsmarkt jedoch ständig wandelt und immer mehr Spezialisten gesucht werden – seien es Informatiker im Bereich der Informationstechnologie, Ingenieure in der Automobilbranche oder Chemiker in der pharmazeutischen Industrie –, reagieren auch die Personalberater. Vom ehemals alleinigen Dienstleister für Unternehmen sind sie jetzt häufig auch Ansprechpartner für Bewerber.
Immer mehr Personalberater gehen dazu über, qualifizierte Bewerber in so genannte Datenbanken oder Pools aufzunehmen. Welche Voraussetzungen zu erfüllen sind, um in diesen Pool aufgenommen zu werden, erfahren Sie bei dem

jeweiligen Berater oder aber im Internet. Die meisten Personalberater beschränken sich auf eine bestimmte Zielgruppe. Kienbaum Executive Consulting beispielsweise lassen nur hochqualifizierte, engagierte und international ausgerichtete Hochschulabsolventen zu. Westerwelle Consulting & Media spricht Bewerber mit dem gewissen Extra an: Sagen Sie uns, was Sie auszeichnet, was Sie zu einem Character macht und wir bemühen uns, für Sie den passenden Job zu finden. Eine andere Alternative ist, sich bei einer der vielen Jobbörsen mittels Stellengesuch in deren Bewerberdatenbanken einzutragen. Wenn Sie Glück haben, kann es in der Tat lukrative Angebote „hageln", immer natürlich in Abhängigkeit von Ihren Qualifikationen.

Das eigene Stellengesuch

Wie bereits erwähnt, gibt es auch bei Stellengesuchen mehrere Optionen. Zum einen das klassische Print-Stellengesuch in Fachzeitschriften und Tageszeitungen, aber auch das Online-Stellengesuch.

Bevor Sie sich für die eine oder andere Variante entscheiden, sollten Sie sich folgende Fragen stellen:

Checkliste: ***Was wollen Sie erreichen?***

☑ Welche Zielgruppe will ich erreichen?
- regional/überregional
- Branche
- Unternehmensgröße

☑ Mit welchem Medium erreiche ich diese Zielgruppe?
- regionale/überregionale Zeitung
- (Fach-)Zeitschrift
- Online (Jobbörsen)

☑ Wann ist der geeignete Zeitpunkt, um das Gesuch zu schalten?
- Wochenendausgabe/unter der Woche
- einmaliges Schalten des Gesuchs
- Schalten über mehrere Wochen

Wägen Sie ab, ob die Print- oder die Online-Variante für Sie die geeignetere ist. Einem EDV-Spezialisten würde man unbedingt zum Online-Gesuch raten, während Interessierte aus dem sozialen Bereich eher den klassischen Weg einschlagen sollten. Ein Patentrezept gibt es leider nicht. Probieren Sie es einfach aus. Die Online-Variante kostet in den meisten Fällen nicht einmal etwas, sodass Sie diese Option für das eigene Stellengesuch in jedem Fall nutzen sollten. Worauf Sie bei beiden Wegen achten sollten, erfahren Sie im Anschluss.

Das Print-Stellengesuch

Print-Stellengesuche erscheinen meist inmitten einer Fülle anderer Kleinanzeigen, die alle das gleiche Ziele verfolgen: den Personalverantwortlichen eines Unternehmens anzusprechen. Aus diesem Grund sollte ein Stellengesuch alle wesentlichen Informationen enthalten - und das in wenigen Worten. Doch nicht nur der Inhalt ist ausschlaggebend für den Erfolg, auch die Aufmachung, also die Größe, die Schlagzeile, der Rahmen und die Typographie.

Der Experten-Tipp von Michael Gredler, Personalberater der CSD Management-Consulting GmbH, Wien und Innsbruck

Warum sind Bewerberinserate oft nur mäßig erfolgreich?

Der Inserent beschreibt meist nur sich und seine Wünsche. Er vergisst, dem lesenden Arbeitgeber den Vorteil zu vermitteln, warum gerade dieses Inserat beantwortet werden sollte. Ein Beispiel aus der Praxis:

Nebenbeschäftigung

„Studentin sucht betreuende Tätigkeit. Zuschriften unter Nr. ... an den Verlag."

Schade um das Geld für dieses Inserat, das alle Fragen offen lässt:

- Wer soll betreut werden? Kinder, ältere Leute, Hunde, einsame Männer?
- In welcher Stadt möchte die Studentin arbeiten? In München, Hamburg, Dresden?
- Warum soll man gerade diese (junge?) Dame mit der Aufgabe betreuen?

Wie könnte man dieses Inserat besser formulieren?

„Stundenweise betreut verlässliche 22-jährige Medizinstudentin Ihre Kinder im Raum Köln. Zuschriften unter Nr. ... an den Verlag."

Hier weiß der Leser, mit wem er es zu tun hat und welche Zielgruppe in welchem Ort angesprochen ist. Zusätzlich beschreibt sich die junge Dame als verlässlich, eine Eigenschaft, die in diesem Segment besonders wichtig ist.

Das Beispiel von Michael Gredler zeigt, dass man sein Stellengesuch wohl überlegt formulieren sollte. Ein Stellengesuch sollte wie folgt gegliedert sein:

Gliederung eines Stellengesuchs

- **Schlagzeile**
  Die Schlagzeile soll die Aufmerksamkeit des Lesers erregen. Nennen Sie daher zunächst die Position, die Sie derzeit bekleiden. Neueinsteiger nennen ihren Berufs-/Hochschulabschluss: z. B. „Controller", „Technischer Leiter, Sondermaschinenbau" oder „Jurist, Schwerpunkt Europarecht". Um das Ganze optisch hervorzuheben, empfiehlt sich eine größere Schrift, Fettdruck und eventuell eine andere Schriftart als der restliche Text.
- **Wer bin ich? – „Ich biete …"**
  Stellen Sie Ihre Fähigkeiten und Kenntnisse heraus. Welches sind Ihre persönlichen Stärken?
- **Was kann ich? – „Ich habe …"**
  Stellen Sie Ihre Ausbildung, Ihre berufliche Praxis, wichtige Auslandserfahrungen u. Ä. dar.
- **Was will ich? – „Ich suche …"**
  Beschreiben Sie, welche Art von Position bzw. Tätigkeit Sie suchen.

Die Gliederung kommt Ihnen sicherlich recht vertraut vor, denn die Absätze „Wer bin ich?", „Was kann ich?" und „Was will ich?" sind identisch mit der Vorbereitungsphase einer jeden Bewerbung. Im Prinzip sind Sie beim Verfassen eines Stellengesuchs gezwungen, Ihre komplette Vorbereitung in wenigen Sätzen zusammenzufassen.
Wie Sie Fehler bei der Formulierung vermeiden und den Arbeitgeber optimal auf Ihr Stellengesuch aufmerksam machen, zeigen wir Ihnen anhand weiterer kommentierter und korrigierter Beispiele von Michael Gredler:

Kommentierte Stellengesuche aus der Praxis

Alteisen?

Kommentiertes Beispiel

„Buchhalter, 44, will noch nicht zum „alten Eisen" gehören und sucht daher adäquate Position. Zuschriften unter Nr. … an den Verlag."

Mitleid ist out, Selbstmitleid auch. Der Inserent hat sich offenbar schon oft vergeblich um eine Stelle bemüht und glaubt nun, dass ihn ohnehin niemand mehr will. Mit diesem Inserat drückt er deutlich seine Resignation aus. Er vergisst:

Menschen kaufen nur von Siegertypen und kein Arbeitgeber will für einen innerlich bereits pensionierten, frustrierten Arbeitnehmer als Brücke zu dessen tatsächlicher Pensionierung dienen.

Wie könnte man dieses Inserat besser formulieren?

Korrigiertes Beispiel *„Bilanzsicherer Buchhalter, 44, sucht neue berufliche Herausforderung. Engagement, Erfahrung und Flexibilität sind meine Stärken. Zuschriften unter Nr. ... an den Verlag."*

Dieser Text drückt Zuversicht und Selbstvertrauen aus. Keine Rede von „altem Eisen", aber der herausragende Vorteil älterer Mitarbeiter - die Erfahrung und die Fachkenntnis - wird deutlich herausgearbeitet.

Azubi

Kommentiertes Beispiel *„Gesucht: Azubi-Stelle in Handel oder Gewerbe. Mein Notendurchschnitt ist 1,3. Ich bin ehrlich, fleißig und strebsam. Zuschriften unter Nr. ... an den Verlag."*

Die Konzentration auf Notendurchschnitt und lapidare Eigenschaften macht nicht wett, dass hier ein Junge (oder Mädchen?) voreilig ein Inserat formuliert hat. Auch wenn das Stellengesuch in einer Lokalzeitung erscheint und sich die Frage nach dem gewünschten Einsatzort somit erübrigt, bleiben viele Fragen offen.

Wie könnte man dieses Inserat besser formulieren?

Korrigiertes Beispiel *„16-jährige Schulabgängerin sucht Stelle als Auszubildende im Fremdenverkehr. Meine Stärken: Fremdsprachen und Kundenorientierung. Zuschriften unter Nr. ... an den Verlag."*

Auch wenn eine 16-Jährige noch keine großen Berufserfahrungen nachweisen kann, ist es ratsam, sich für eine Zielrichtung zu entscheiden, deren Grundanforderungen man kennt. Diese dann als Vorteile (vorausgesetzt die Aussage ist richtig) im Inserat herauszuarbeiten, ist legitim und verspricht Erfolg.

Das Online-Stellengesuch

Eine echte Alternative zu klassischen Print-Stellengesuchen ist das Online-Gesuch. Immer mehr Jobbörsen bieten Stellensuchenden die Möglichkeit, ihr Profil in eine so genannte Bewerberdatenbank zu geben. Ziel ist es, von interessanten

Unternehmen angesprochen zu werden oder – wie beispielsweise bei Jobs & Adverts oder Steppstone – per E-Mail über passende Stellengesuche informiert zu werden.

Ein Erfahrungsbericht

„An alle Leute, die immer noch behaupten, ein Stellengesuch werde eher negativ bewertet: Ich habe durch mein Stellengesuch bei Jobs & Adverts viele Firmen kennen gelernt, die für mich interessant sind und von deren Existenz ich auf andere Weise nie erfahren hätte. Am 17. Juni erhielt ich eine Nachricht von der Firma XY und es stellte sich heraus, dass das meine Traumfirma ist, und schon am 22. Juni hatte ich die Zusage."

Ob Sie ein Print- oder ein Online-Stellengesuch aufgeben, eines ist beiden gemein: Sie müssen mit wenigen Worten Ihre Qualifikationen benennen können und ebenso kurz und prägnant zusammenfassen, was Sie wollen. Vorteil von Online-Stellenanzeigen ist, dass Sie meist vorgegebene Formulare ausfüllen. Diese berücksichtigen neben persönlichen Daten, Ausbildung, Werdegang und speziellen Kenntnissen auch Ihre Wünsche bezüglich Branche, Position und Einsatzort. Zusätzlich werden Sie aufgefordert, einen so genannten Stellengesuchstext zu formulieren, der eine bestimmte Anzahl Zeichen nicht überschreiten darf. Wie beim Print-Stellengesuch fassen Sie auch hier kurz und knapp zusammen, wer Sie sind, was Sie können und wollen. Übrigens: Persönliche Daten haben in diesem Stellengesuchstext nichts zu suchen. Sie möchten ja anonym bleiben.

Am Start –

Bin ich der/die Richtige?

Sie wissen, was Sie suchen und haben vielleicht schon die eine oder andere passende Stellenanzeige gefunden. Jetzt sollten Sie prüfen, ob Sie auch die Forderungen der Unternehmen erfüllen. Sind Sie der oder die Richtige? Schließlich haben auch die Unternehmen bestimmte Erwartungen und Wünsche an Sie als potenziellen Kandidaten. Welche, das können Sie den Stellen- und Imageanzeigen entnehmen oder im Gespräch mit den Unternehmensvertretern klären.

Erwartungen und Wünsche der Unternehmen

„Prädikatsexamen, fünf Sprachen fließend in Wort und Schrift, Auslandspraktika bei renommierten Firmen, mehrere Jahre Berufserfahrung, Promotion oder MBA wünschenswert und nicht älter als 25 Jahre“ – derartige Formulierungen sind für Hochschulabsolventen ein Graus. Oder: „Assistentin der Geschäftsführung, exzellente Buchhaltungskenntnisse, perfekte Steno- und Schreibmaschinenkenntnisse, Englisch und Spanisch in Wort und Schrift, Auslandserfahrung“ und so weiter und so fort. Kommt Ihnen das bekannt vor? Solche Formulierungen werden immer wieder gerne gelesen und belächelt – und dennoch sind sie legitim. Denn so, wie Sie von Ihrem Traumjob träumen, träumen die Unternehmen von ihren Traumkandidaten. Es ist wie ein Puzzle, bei dem die passenden Teile zueinander finden sollen. Nur sollte man nicht einfach wahllos alle Möglichkeiten ausprobieren, sondern die Suche gezielt angehen.

Das Anforderungsprofil

Mit einer genauen Vorstellung davon, wer Sie sind, was Sie wollen und können, also Ihrem Profil, blättern Sie nun die Stellenanzeigen in Zeitungen und Zeitschriften durch oder surfen durch die Jobbörsen im Internet. Denken Sie aber auch an die Aushänge in Arbeitsämtern und ähnlichen Einrichtungen. Unabhängig davon, wo Sie auf die Suche gehen, Sie werden stets auf ähnliche Formulierungen treffen, denn allen Anzeigen liegt ein so genanntes Anforderungsprofil zu Grunde. Das ist nichts anderes als eine Liste aller Qualifikationen, die ein potenzieller Kandidat erfüllen muss bzw. sollte. Diese Qualifikationen werden in zwei Kategorien unterteilt: Zum einen sind das Daten, die im Jargon der Personalexperten als Hard facts bezeichnet werden. Darunter versteht man Noten, Abschlüsse, nachweisbare Erfahrungen - kurz: alles, was belegbar ist. Zum anderen geht es um die so genannten Soft skills: Fähigkeiten, die nicht so leicht mit Zahlen belegbar sind, sondern alle persönlichen Eigenschaften eines Bewerbers wie beispielsweise Überzeugungsfähigkeit, Teamgeist oder Unternehmertum zusammenfassen. Man muss oder sollte also bestimmte Merkmale erfüllen. Muss oder sollte? Genau mit dieser Frage beginnt das Dilemma.

Ein Beispiel aus der Praxis

„Personalberater/in gesucht: Sie haben ein abgeschlossenes Studium und mindestens zwei Jahre Berufserfahrung im Bereich Personalberatung oder Sie kommen aus der klassischen Personalarbeit und waren dort mehrere Jahre erfolgreich tätig. Die Personalauswahl und das Durchführen von einem Workshop oder AC sind Ihnen vertraut. Ebenso gehören die Leitung von Projekten und Mitarbeiterführung zu Ihren Aufgaben. Wenn Sie sich darüber hinaus als Mittler zwischen Bewerbern und dem Unternehmen sehen und Dienstleistung groß schreiben, dann sind Sie im Team herzlich willkommen."

Die Reaktionen auf eine solche Anzeige sind vielfältig. Während die einen resigniert weiterblättern, sehen andere darin eine Herausforderung, die es anzunehmen gilt. Woran erkennen Sie als Bewerber, ob Sie sich angesprochen fühlen „dürfen" oder eher von einer Bewerbung absehen sollten? Dazu nun einige Analysen von Stellenanzeigen.

Stellenanzeigen richtig deuten

Klassische Formulierungen

Die klassische Stellenanzeige ist meist in mehrere Abschnitte untergliedert, die sich in der Wortwahl häufig ähneln:

- „Wir sind ..." oder „Unser Unternehmen ...":
  Informationen über das inserierende Unternehmen

- „Wir suchen ...“:
  Bezeichnung und/oder Beschreibung der zu besetzenden Stelle
- „Wir erwarten...“ oder „Sie haben...“:
  Anforderungen und Qualifikationen, die ein Bewerber erfüllen muss
- „Wir bieten ...“:
  besondere Leistungen des Unternehmens wie z. B. überdurchschnittliches Gehalt, Dienstwagen, Umzugskostenerstattung, außergewöhnliche Sozialleistungen etc.
- „Wir bitten ...“ oder „Wenn Sie Interesse haben ...“:
  Anforderungen an die Bewerbung (z. B. Kurzbewerbung, Referenzen) sowie Name und Telefonnummer des Ansprechpartners, Kennwort etc.

Lesen Sie sich jede Anzeige Satz für Satz durch. Haben Sie ein gutes Gefühl? Dann sollten Sie sich intensiver mit dem Stellenangebot beschäftigen:

Stellenanzeigen – Abschnitt für Abschnitt

„Wir sind ...“ oder „Unser Unternehmen ...“

In diesem Abschnitt sollten Sie prüfen, ob das Unternehmen in der Anzeige Ihren Vorstellungen entspricht. Behalten Sie dabei immer die Frage aus Ihrem „Check“ im Hinterkopf: „Was will ich?“ Wenn Sie über einen Internetzugang verfügen, sollten Sie sich auf jeden Fall auf der Homepage des jeweiligen Unternehmens noch genauer informieren. Wie präsentiert es sich? Stellt es sich als Arbeitgeber vor? Fühlen Sie sich von der Präsentation angesprochen? Möchten Sie dazugehören?

„Wir suchen ...“

In diesem Abschnitt beschreibt das Unternehmen die zu besetzende Position. Auch hier sollten Sie immer die Frage „Was will ich?“ vor Augen haben. Deckt sich die Beschreibung mit Ihren Vorstellungen?

„Wir erwarten ...“ oder „Sie haben ...“

Passt oder passt nicht? Hier entscheidet es sich, ob Sie tatsächlich ein potenzieller Kandidat sind, denn in diesem Abschnitt formuliert das Unternehmen seine Vorstellungen eines idealen Bewerbers. Wir sagen bewusst ideal, denn auch dem Unternehmen ist klar, dass nur wenige Kandidaten alle erforderlichen Kriterien wirklich erfüllen. Checken Sie die Anforderungen mit Ihren fachlichen, beruflichen und persönlichen Qualifikationen. Achten Sie auf folgende Formulierungen:

Muss-Kriterien

- „Sie haben ...“, „Sie sind ...“ leiten absolute Muss-Kriterien ein. „Sie sind seit vier Jahren erfolgreich ...“ heißt, dass das Unternehmen vier Jahre Berufserfahrung voraussetzt und nicht idealerweise wünscht. Als Berufseinsteiger sollten Sie daher von einer Bewerbung Abstand nehmen.

Kann-Kriterien

- „Idealerweise ...“, „... wäre von Vorteil ...“ leiten Kriterien ein, die Sie erfüllen sollten, die aber kein unbedingtes Muss sind. „Sie sind seit vier Jahren erfolgreich ..., idealerweise im Verkauf von ...“, bedeutet somit, vier Jahre Erfahrung als Muss-Kriterium sowie Erfahrung im Verkauf als Wunsch, nicht aber als Muss. Wird diese Bedingung nicht erfüllt, ist das kein K.O.-Kriterium.

„Wir bieten ...“

Sind mit einer Position besondere Leistungen verknüpft, sei es dass der Mitarbeiter einen Firmenwagen erhält, außertariflich oder überdurchschnittlich bezahlt wird oder sonstige Sonderkonditionen erhält, so werden diese meist separat angesprochen. Prüfen Sie auch hier, ob Sie mit diesen Konditionen „leben“ können.

„Wir bitten ...“ oder „Wenn Sie Interesse haben ...“

Jede Anzeige schließt mit der Aufforderung, sich bei Interesse zu bewerben. Beachten Sie dabei Folgendes:

- Welche Unterlagen werden verlangt? Genügt eine Kurzbewerbung oder sind vollständige Unterlagen gewünscht?
- Achten Sie auf die angegebene Adresse und den Ansprechpartner und übernehmen Sie diese dann in Ihr Anschreiben. Vergessen Sie nicht das Kennzeichen/Chiffre – falls angegeben –, unter dem die Position im Unternehmen läuft.
- Ist eine Telefonnummer angegeben, so sollten Sie Zweifel oder Fragen, die beim Lesen der Anzeige aufgekommen sind, auch telefonisch klären. Oftmals erübrigt sich dann eine Bewerbung.
- Wird eine Internetadresse angegeben, so sollten Sie sich diese Webseiten ansehen.
- Senden Sie nur dann ein E-Mail, wenn dies ausdrücklich in der Anzeige gewünscht ist.

Musterbeispiel für eine Sammelanzeige

1

– Groupwaresysteme
– Multimediale Systeme und Online-Dienste
– Internettechnologien und Agentenkonzepte

Es erwartet Sie ein anspruchsvolles und spannendes Aufgabenfeld in unseren Forschungs-, Entwicklungs- und Beratungsprojekten in Bereichen wie Multimedia- und Online-Dienste, Haus- und Umfeldsteuerung, Prototyping Evaluation von interaktiven Verbrauchsgütern sowie Gestaltung innovativer Workflow-Oberflächen für den Dienstleistungssektor. Wir erwarten von Ihnen die Fähigkeit, wissenschaftlich und gleichzeitig anwendungsnah zu arbeiten, Angebote und Ergebnisse überzeugend zu präsentieren sowie eine selbstständige und engagierte Arbeitsweise. Eine sichere Beherrschung der englischen Sprache in Wort und Schrift ist erforderlich.

Wir bieten Ihnen eine anwendungsorientierte Tätigkeit in engem Kontakt mit Kunden aus Wirtschaft und Öffentlicher Hand in nationalen und europäischen Forschungsprojekten, hervorragende Möglichkeiten der beruflichen Weiterqualifizierung sowie die Mitwirkung in einem engagierten und sympatischen Team. Es besteht die Möglichkeit zur Promotion.

Bitte bewerben Sie sich schriftlich mit allen wichtigen Unerlagen beim
Fraunhofer- Institut für Arbeitswirtschaft und Organisation, Nobelstraße 12, 70569 Stuttgart.

FhG
Fraunhofer Gesellschaft

Für unsere Personalabteilung in München suchen wir zum nächstmöglichen Termin eine/n neue/n Kollegen/in für die

Lohn- u. Gehaltsabrechnung

In dieser Position betreuen Sie selbständig einen Mitarbeiterkreis in allen Belangen der Abrechnung.

Hierfür erwarten wir umfassende Kenntnisse des Sozialversicherungs- und Lohnsteuerrechts, die Sie sich durch Ihre mehrjährige Berufserfahrung, vorzugsweise bei einem Arbeitgeber des öffentlichen Dienstes, erworben haben. Das Tarifrecht des BAT und des MTArb sind Ihnen ebenso geläufig wie das Zusatzversorgungs- (VBL) und Kindergeldrecht. Wünschenswert wäre eine Ausbildung zur/zum Personalfachkauffrau/mann. Besonderen Wert legen wir auf Teamarbeit und Freude am Umgang mit Menschen.

Bitte bewerben Sie sich schriftlich mit allen wichtigen Unterlagen bei der
Fraunhofer-Gesellschaft, Personalabteilung, Leonrodstraße 54, 80636 München.

IPA
Fraunhofer Institut Produktionstechnik und Automatisierung

Das Fraunhofer-Institut für Produktionstechnik und Automatisierung in Stuttgart sucht baldmöglichst als wissenschaftliche Mitarbeiter/innen

Dipl.-Ingenieure/innen (TU/TH)
Informationstechnik
und Mikrosystemtechnik

Wir suchen junge engagierte Mitarbeiter/innen, die sich in Ihrem Studium die Grundlagen für fachübergreifende Arbeiten geschaffen haben. Schwerpunkte der Ausbildung sollen entweder auf dem Gebiet der Informationsverarbeitung oder der Fertigungsplanung/-steuerung liegen. Kenntnisse über Produktionsabläufe in Reinräumen (Mikroelektronik, Mikrosystemtechnik, Pharmazie, Medizintechnik etc.) sind wünschenswert. 2

3

Ihre Aufgabe besteht auf dem Gebiet der »Informationstechnik« in der Konzeption von Lösungen im CIM-Bereich. Hierfür verfügen Sie über Kenntnisse der Geräteintegration und der Werkstattsteuerungsebene sowie über Erfahrungen in der Anwendung moderner objektorientierter Softwarewerkzeuge.

Ihre Aufgabe besteht auf dem Gebiet der »Mikrosystemtechnik« in der Konzeption und Entwicklung von Fertigungsgeräten für mikrotechnische Produkte. Hierfür verfügen Sie über Kenntnisse der Konstruktion und Produktionstechnik. Kenntnisse über Halbleiterprozesse, Elektronikfertigung und Fertigungsverfahren der Feinwerktechnik sind von Vorteil.

Im Rahmen Ihrer Tätigkeit haben Sie vielseitige Industriekontakte und die Möglichkeit zur Promotion.

Bitte bewerben Sie sich schriftlich mit allen wichtigen Unterlagen unter Kennziffer 14 und Angabe des gewünschten Arbeitsgebietes beim
Fraunhofer-Institut für Produktionstechnik und Automatisierung, Personalabteilung, Nobelstraße 12, 70569 Stuttgart. Fragen zu dieser Position beantwortet gern Dr. Wolfgang Schäfer, Telefon 07 11/9 70-13 91. http://www.ipa.fhg.de

5

Anstellung, Vergütung und Sozialleistungen richten sich nach dem Bundesangestelltentarif (BAT). Bitte bewerben Sie sich schriftlich bei den jeweiligen Instituten. Informationen über die Fraunhofer-Gesellschaft finden Sie im Internet unter: http://www.fhg.de.

4

Die Sammelanzeige

Eine Sammelanzeige ist nicht ungewöhnlich, wenn ein Unternehmen mehrere Positionen zu besetzen hat. Dabei wird im Kopf der Anzeige das Unternehmen üblicherweise kurz vorgestellt. Zusätzlich wurde in diesem Fall auf die Homepage des Unternehmens verwiesen. Was lässt sich aus der Anzeige herauslesen?

1 „Wir sind …“

Auf den ersten Blick stellt sich das Unternehmen nur kurz vor. In der Anzeige wird jedoch auf die Internetseiten des Unternehmens verwiesen – eine Aufforderung an die Bewerber, die notwendigen Informationen dort einzuholen. Kommen Sie nicht auf die Idee, Ihren Ansprechpartner nach der Gesellschaft auszufragen. Informieren Sie sich auf der Homepage und fragen Sie nur nach, wenn Ihnen etwas unplausibel erscheint oder Details aus den Internetseiten nicht erkennbar sind.

2 „Wir suchen …“

Wichtig ist, es wird ein/e Mitarbeiter/in für die Personalabteilung in München gesucht. Wenn Sie also im Raum München wohnen, prima. Kommen Sie aber aus einer ganz anderen Ecke Deutschlands, wird man Sie fragen, ob Sie es sich vorstellen können, in München zu leben und ob der Umzug für Sie ein Problem wäre. Bereiten Sie sich auf diese Frage vor.

3 „Wir erwarten …“

Gesucht wird ein/e erfahrene/r Kollege/in:

- Muss-Kriterium: Kenntnisse des Sozialversicherungs- und Lohnsteuerrechts
- Muss-Kriterium: mehrjährige Berufserfahrung
  Oftmals glauben Hochschulabsolventen, Berufserfahrung durch Praktika wettmachen zu können. Mehrjährige Berufserfahrung bedeutet jedoch, dass man über Jahre Projekte bearbeitet hat und für seine Aufgaben geradestehen musste, mit allen Rechten und Pflichten eines Arbeitnehmers. Ein Praktikum erfüllt diesen Anspruch nicht. Nehmen Sie diese Anforderung wörtlich.
- Muss-Kriterium: Kenntnis des Tarifrechts (BAT, MTArb, VBL und Kindergeldrecht)
  Es werden umfangreiche Fachkenntnisse verlangt, die umgehend abgerufen werden können. Lange Einarbeitungszeiten kann man sich nicht leisten.
- Kann-Kriterium: Sie kommen aus dem öffentlichen Dienst und haben eine Ausbildung als Personalfachkauffrau/mann
  Beide Qualifikationen wurden mit „wünschenswert“ oder „vorzugsweise“ eingeleitet, es sind also keine Muss-Kriterien. Bewerber aus diesen Bereichen werden bevorzugt, aber auch andere haben eine Chance.

4 „Was wir bieten …“

Das selbstständige Arbeiten und Betreuen eines Mitarbeiterkreises richtet sich erneut an Experten und berufserfahrene Nachfolger. Die Teamarbeit und der Umgang mit Menschen appelliert an Ihre persönlichen Fähigkeiten.

5 „Wie Sie sich bewerben …“

Es wird ausdrücklich eine schriftliche Bewerbung mit den üblichen Unterlagen gewünscht. Achten Sie darauf, Ihre Bewerbungsmappe an die Personalabteilung zu schicken.

Die Online-Anzeige

Sind Online-Anzeigen eigentlich anders aufgebaut als Inserate in Zeitungen oder Fachzeitschriften? Nein, sind sie nicht. Sie haben alle Informationen – allerdings in den meisten Fällen nicht auf einen Blick, sondern Sie müssen die einzelnen Webseiten „durchklicken“. Der Aufbau der Anzeige ist trotzdem vergleichbar mit denen der Printmedien. Wir analysieren in diesem Beispiel die ausgeschriebene Position der Kamerafrau bzw. des Kameramanns.

1 „Wir sind …“

Kurz und bündig präsentiert sich das Unternehmen. Für weitere Details sollten Sie die Homepage unter der angegebenen Adresse www.media.infomatec.de besuchen.

2 „Wir suchen …“

Dieses Unternehmen hat gleich mehrere Positionen zu besetzen. Welche interessiert Sie? Klicken Sie das entsprechende Icon an.

„Wir erwarten …“

Wenn Sie auf das Icon „Kameramann/-frau“ klicken, finden Sie das Anforderungsprofil des Unternehmens:

- „mehrjährige Erfahrung“
  Die Betonung liegt auf „mehrjährig“, d.h. Anfänger sind unerwünscht. Auch Hobbykameramänner oder -frauen sollten sich nicht bewerben.
- „verfügen über Sicherheit im analogen und digitalen Videoschnitt“
  Haben Sie diese fachlichen Qualifikationen?
- „umfangreiches Know-how im sicheren Umgang mit gängigen Computersystemen und der Einbindung von Filmen ins Internet“
  Sie werden mit dem Internet arbeiten und sollten sich in diesem Medium auskennen – nicht jedoch als Anwender, sondern professionell. Das Buchstabieren des Wortes „Internet“ genügt nicht.
- „Kreativität und Ideenreichtum zählen zu Ihren besonderen Stärken“
  Ihre Persönlichkeit ist gefragt. Sind Sie kreativ? Vielleicht sollen Sie es anhand Ihrer Bewerbung beweisen? Lassen Sie sich etwas einfallen.

Alle Forderungen sind Muss-Kriterien. Kein „es wäre wünschenswert“ oder „vorzugsweise“. Es wird eindeutig ein/e Experte/in gesucht!

3 „Wie Sie sich bewerben …“

Zwei Varianten werden angeboten!
Online: Ein vorgefertigter Fragebogen begrüßt Sie. Im Prinzip geben Sie hier Ihren Lebenslauf ein. Achten Sie darauf, dass er – im Rahmen der gegebenen Möglichkeiten – so aussagekräftig wie möglich ist.
Schriftlich: via E-Mail, wenn Sie die Ansprechpartner anklicken, oder auf die klassische Art, indem Sie die Unterlagen per Post an die angegebene Adresse schicken.
Empfehlung: Stellen Sie Ihre Fähigkeiten bereits bei der Bewerbung unter Beweis, indem Sie sich „modern“ bewerben.

„Was wir bieten …“

Diese Informationen verbergen sich auf den Webseiten des Unternehmens hinter: „Was Sie erwartet“. „Eigenverantwortliches Arbeiten, … und Sie wirken aktiv am Aufbau des hauseigenen Studios mit.“ Achtung: ein Start-up-Unternehmen! Suchen Sie Sicherheit? Brauchen Sie viel Anleitung oder Schonzeit bei der Einarbeitung? Prüfen Sie, ob das Unternehmen das leisten kann. Sind Sie risikobereit? Haben Sie schon immer davon geträumt, einen eigenen Bereich aufzubauen? Dann nichts wie los!

Die Unternehmensrecherche

Machen Sie sich ein genaues Bild von Ihrem Traumunternehmen

Nachdem Sie sich die für Sie interessanten Stellenanzeigen herausgesucht und das Anforderungsprofil der einzelnen Unternehmen analysiert haben, folgt nun der nächste Schritt: die weiterführende Recherche zu den jeweiligen Firmen. Leider ist es nach wie vor eher die Regel denn die Ausnahme, dass sich Kandidaten auf ein Jobangebot bewerben, ohne sich vorab über das Unternehmen und die jeweilige Branche gründlich zu informieren. Stellt sich dann im Endeffekt heraus, dass die Traumfirma eigentlich nicht den Idealvorstellungen entspricht, ist die Enttäuschung groß. Um dem vorzubeugen, sollten Sie die Chance wahrnehmen und sich im Vorfeld ein genaues Bild von Ihrem potenziellen neuen Arbeitgeber machen. Bevor Sie allerdings mit Ihrer Recherche beginnen, sollten Sie sich überlegen, welche Informationen wichtig sind.

Welche Informationen sind wichtig?

Brancheninformationen

- Aktuelle Situation des Unternehmens und Stellung innerhalb der Branche
- Probleme innerhalb der Branche
- Neue Errungenschaften im Bereich Technologie oder Produkte
- Anbieter aus dem Ausland (Konkurrenzsituation innerhalb der Branche)
- Einflüsse durch EG-Binnenmarkt
- Aktuelle Diskussionen in den Medien wie Fusionen, Börsengang usw.

Unternehmensinformationen

- Eigentumsverhältnisse (Rechtsform, Stammkapital, Konzernverbund, Mutter-/Töchter-/Schwestergesellschaften)
- Produkte
- Wettbewerber
- Kunden
- Entwicklung (Umsatz, Gewinn, Mitarbeiterzahl, Aktienkurs, Bilanz-Kennzahlen)
- Ansehen/Image
- Tradition, Unternehmensphilosophie
- Präsentation auf dem Arbeitsmarkt (Anzahl der Stellenangebote, freie Positionen)
- Organisationsform(en)
- Sponsorentätigkeiten (Sport, Kultur, Umwelt)

Wo kann ich mich informieren?

Im Folgenden finden Sie die Erfolg versprechendsten Quellen für Ihre Recherche zu potenziellen Arbeitgebern. Wichtige Adressen von Verbänden, Behörden und Organisationen sowie nützliche Internet-Adressen finden Sie im Anhang.

▶ *Siehe auch Anhang*

Verbände, Behörden und Organisationen

- Handelsregister

Dem Handelsregister können Sie Informationen zum Gründungsjahr, den Gesellschaftern und dem Stammkapital entnehmen. Branchenorientiert gibt es gut organisierte Verbände, bei denen Sie durch einen entsprechend vorbereiteten Anruf bereits interessante Angaben erhalten. Nützliche Adressen von Verbänden und Organisationen in Deutschland, Österreich und der Schweiz finden Sie im Anhang.

- Wirtschaftsverbände

Für jede Branche gibt es einen eigenen Verband. Auch hier lohnt ein Anruf.

- Arbeitsamt

Das Arbeitsamt gibt Ihnen auf Wunsch die für Sie interessanten Informationen zu einem bestimmten Unternehmen oder zumindest entsprechende Literaturhinweise. Aber: Stellen Sie Ihre Anfrage früh genug, da die Arbeitsämter meist ziemlich überlaufen sind.

Darüber hinaus haben die Arbeitsämter Deutschlands eigens für Studierende und Hochschulabsolventen so genannte Hochschulteams ins Leben gerufen. Deren Aufgabengebiete beinhalten:

Aufgabengebiete von Hochschulteams

Beratung von Studierenden und Studienberechtigten bei

- der Studienfachwahl,
- dem Studienfachwechsel,
- der berufs- und arbeitsmarktnahen Studiengestaltung
- und dem eventuellen Studienabbruch.

Durchführen von Informationsveranstaltungen zu den Themen

- Berufs- und Tätigkeitsfelder,
- Arbeitsmarkt- und Beschäftigungsperspektiven,
- Auslandsstudien, Arbeitsmarkt Europa/Internationaler Arbeitsmarkt.

Durchführen von Seminaren und Workshops zu den Themen

- Bewerbungsstrategien, Bewerbungstraining, Jobsuche;
- berufliche Strategien für potenzielle Studienabbrecher;
- themen- und zielgruppenbezogene Workshops und Seminare;
- arbeitsmarktrelevante Zusatzqualifikationen.

Weiterführende Informationen erhalten Sie direkt bei den Arbeitsämtern oder im Internet. Studien-, hochschul- und arbeitsmarktbezogene Fragen werden selbstverständlich auch in Arbeitsämtern ohne besonderes Hochschulteam kompetent beantwortet.

Printmedien

Zeitungen, Zeitschriften, Hochschulpublikationen und die so genannten Firmenlexika oder Unternehmensprofile zählen zu den klassischen Printmedien mit gutem Informationsgehalt. Aus diesem Grund werden sie im Rahmen der konventionellen Recherche von Interessenten regelmäßig herangezogen. Als Anregung hier einige der vielfältigen Möglichkeiten:

- Bücher und Nachschlagewerke

Kostengünstiger: Präsenzexemplare in Bibliotheken

Im Handel sind umfangreiche Bücher und Nachschlagewerke wie beispielsweise das „Adressbuch Wirtschaft", das „Handbuch der Großunternehmen 1999" oder „Firmeninformationen Deutschland - Mittelständische Unternehmen" erhältlich. Da die Anschaffung sehr kostspielig ist, sollten Sie sich die gewünschten Informationen aus den in Bibliotheken ausliegenden Präsenzexemplaren kopieren.

Darüber hinaus können Sie auch im Internet unter der Adresse www.hoppenstedt.com Firmen- und Produktdaten über deutsche Unternehmen abfragen. Adressen und Telefonnummern der für Sie interessanten Unternehmen sind kostenfrei abfragbar. Vollporträts hingegen erhalten Sie nur gegen Anmeldung. Wenn Sie einen Testzugang beantragen, erhalten Sie umgehend Ihr Kennwort als E-Mail und können in den folgenden 36 Stunden 15 Vollporträts abrufen.

- Messekataloge

In Messekatalogen von Kontakt- und Fachmessen finden Interessierte oft Kurzbeschreibungen der Firmen, Produktbeschreibungen und statistische Zahlen. Besonders empfehlenswert sind die Messekataloge und Veröffentlichungen von Kontakt- oder Jobmessen. Neben Firmenprofilen und Recruitingplänen erfahren

Sie in diesen Unterlagen einiges mehr über Mitarbeiterzahlen, Anschrift und Betätigungsfelder der ausstellenden Unternehmen.

- Tageszeitungen

Hier finden Sie tagesaktuell umfangreiche Informationen über das allgemeine Wirtschaftsgeschehen, Fusionspläne von Unternehmen, Konzernentwicklungen, Marktdaten sowie Aussagen und Meinungen wichtiger Unternehmensvertreter. Auch der Anzeigenteil und die Formulierungen in Personalsuch- oder Imageanzeigen bergen oftmals vielfältige Informationen über Ihr Wunschunternehmen und dessen derzeitige Planungen und Entwicklungen. Die Archive einiger Zeitungen wurden bereits ins Internet gestellt, sodass Interessenten die Informationen der vergangenen Ausgaben abfragen können.

- Firmenbroschüren

Informationen direkt vom Unternehmen

Sie können bei den einzelnen Firmen jederzeit Imagebroschüren, Jahresberichte und Ähnliches anfordern. Ein Anruf in der PR- oder Marketing-Abteilung genügt meist schon, um die gewünschten Informationen zu erhalten. Sie können selbstverständlich auch schriftlich auf dem Postweg oder per E-Mail anfragen.

Online

Kaum ein Unternehmen kann heute noch auf eine qualifizierte Darstellung und Präsentation im weltweiten Datennetz verzichten. So finden Sie von den meisten deutschen Konzernen Homepages mit Unternehmensprofilen, Informationen über Berufschancen, Karrierewegen oder konkrete Stellenangebote. Um die richtigen Internet-Adressen der für Sie interessanten Unternehmen ausfindig zu machen, helfen Ihnen Suchmaschinen oder auch Adresslisten wie beispielsweise unter http://www.e-business.iao.fhg.de/

Im Rennen – (Be-)Werbung in eigener Sache

Wie sieht das optimale Anschreiben aus? Bewerbungen werden in erster Linie von Menschen bearbeitet und diese haben unterschiedliche Meinungen und Ansprüche. Im Klartext heißt das: Das ideale, stets passende Anschreiben gibt es leider nicht! Was es aber durchaus gibt, sind eine Unmenge schlechter Anschreiben, die nicht auf das jeweilige Anforderungsprofil zugeschnitten sind und sich selbst bei wechselnden Branchen kaum oder gar nicht voneinander unterscheiden. So sind sicherlich nur schwer Erfolge zu erzielen.

Worin liegt dann unsere Kompetenz? Ganz einfach: Unser Schwerpunkt liegt in der individuellen Optimierung Ihrer Vorarbeiten. Ziel ist es, Ihnen in Bezug auf Methodik und Aufbau eine Anleitung an die Hand zu geben, mit der Sie Ihr persönliches Anschreiben formulieren können.
Sie müssen noch etwas Geduld aufbringen, denn bevor es konkret an das Formulieren des Anschreibens geht, ein paar Worte vorab. Um von Beginn an die häufigsten „Fettnäpfchen“ bei der schriftlichen Bewerbung zu vermeiden, haben wir einige Experten zum Thema „Klassische Fehler bei der schriftlichen Bewerbung“ befragt. Michael Gredler von der CSD Management-Consulting GmbH in Wien und Innsbruck brachte es auf den Punkt.

Klassische Fehler bei der schriftlichen Bewerbung

- Das Bewerbungsschreiben ist ein viel zu allgemein gehaltener „Massenbrief“, der die Interessen der Leser nicht trifft. Es fehlt der Ansprechpartner und die persönliche Anrede, oft ist das Schreiben in mangelhafter Qualität kopiert.
- Das Anschreiben ist zu langatmig oder zu kurz formuliert. Die Anmerkung „Meine persönlichen Daten entnehmen Sie dem beiliegenden Lebenslauf,

meine Erfahrungen den beigelegten Zeugnissen" beispielsweise ist eindeutig zu dürftig.

- Es werden drei, vier oder noch mehr Schriftarten und -größen auf einer Seite vermischt; zusätzlich werden unterschiedliche Farben verwendet, ein Hintergrundbild usw.
- Das Anschreiben ist nicht unterschrieben, der Lebenslauf lückenhaft. Es liegen vom Grundschulzeugnis aufwärts alle je erhaltenen Leistungsbeurteilungen bei, das Foto ist ein schlechter Farbdruck eines mangelhaft gescannten Fotos.
- Wichtige Angaben fehlen oder wurden falsch angegeben (Telefonnummer, E-Mail-Adresse usw.).
- Man sieht, dass für die Erstellung der Bewerbung oft nicht mal 15 Minuten aufgewendet wurden.
- Das Kuvert ist schlampig beschriftet – die Absenderadresse fehlt, der Empfängername ist oft falsch geschrieben.

Schade! Wenn man bedenkt, dass es meterweise Ratgeber zu kaufen gibt, fragt man sich, wozu all die Mühe, wenn es doch keiner liest. Oder wird es gelesen, aber nicht richtig? All diejenigen, die sofort dieses Kapitel aufgeschlagen haben, weil sie denken, eine Vorbereitung sei nicht nötig, sollten sich folgende Fragen nochmals durch den Kopf gehen lassen:

Checkliste: ***die richtige Vorbereitung***

- ☑ Welches Unternehmen interessiert Sie (Branche, Größe, Marktführer etc.)?
- ☑ Warum ist es für Sie interessant (interessante Produkte, interessante Tätigkeit, Image etc.)?
- ☑ Was können Sie dem Unternehmen bieten? Warum sollte man Sie kennen lernen (Fachkenntnisse, Berufserfahrung, Expertenwissen etc.)?
- ☑ Welches sind Ihre herausragenden Eigenschaften, die für das Unternehmen interessant sind (Verkaufstalent, Organisationswunder etc.)?
- ☑ Was ist wichtig für Ihre berufliche und private Zukunft (Tag und Nacht im Dienste des Unternehmens, geregeltes Einkommen, Aufstiegschancen, Weiterbildung etc.)?

Können Sie all diese Fragen auf Anhieb beantworten? Wenn nicht, dann blättern Sie bitte zurück und beginnen beim Kapitel „Check – Die Bestandsaufnahme". Denn ohne Vorbereitung sollten Sie nicht einmal daran denken, ein Unternehmen anzusprechen. Für all diejenigen, die sich vorbereitet fühlen, heißt es jetzt: Auf die Plätze, fertig – und los.

Auf einen Blick – Die vollständigen Unterlagen

Unter dem Begriff „vollständige Unterlagen“ verstehen fast alle Unternehmen das Gleiche:

- persönliches Anschreiben (liegt obenauf) ▶ *Siehe Seite 45*
- Bewerbungsmappe (= Anlage zum Anschreiben) ▶ *Siehe Seite 126*

Die Bewerbungsmappe

Die Bewerbungsmappe hat üblicherweise folgenden Inhalt:

- eventuell Deckblatt ▶ *Siehe Seite 97*
- Lichtbild ▶ *Siehe Seite 97*
- Lebenslauf ▶ *Siehe Seite 99*
- eventuell „Dritte Seite“ ▶ *Siehe Seite 98*
- Schul- und Ausbildungszeugnisse, Zertifikate, Arbeitszeugnisse und Praktikumsbescheinigungen ▶ *Siehe Seite 126*

Falls vorhanden:

- Liste der Veröffentlichungen
- vorhandene Patente oder Warenzeichen

Gegebenenfalls:

- Referenzen
- Arbeitsproben

Falls explizit gefordert:

- Handschriftenproben
- polizeiliches Führungszeugnis
- Gesundheitszeugnis

Die Kurzbewerbung

Eine Kurzbewerbung besteht aus:

- persönlichem Anschreiben
- Lebenslauf (= Anlage zum Anschreiben) mit Lichtbild

Denken Sie daran: Nicht das Gewicht oder die Dicke der Unterlagen sind ausschlaggebend, sondern der Inhalt. Schicken Sie nur die Unterlagen mit, die für die ausgeschriebene Position absolut notwendig sind. Weisen Sie darauf hin, dass Sie auf Wunsch weitere Unterlagen nachreichen können.
Versenden Sie grundsätzlich vollständige Bewerbungsunterlagen. Kurzbewerbungen sollten Sie nur dann abschicken, wenn dies ausdrücklich erwünscht ist oder Sie zunächst erkunden wollen, ob eine ausführliche Bewerbung überhaupt sinnvoll ist bzw. Aussicht auf Erfolg besteht.

Die erste Arbeitsprobe – Das Anschreiben

Ein Beispiel aus der Praxis

Ort: Werbeagentur; Adressat: Senior-Texterin mit einem Polaroidfoto in Händen. Auf dem Foto ist ein junger Mann in seiner Junggesellenbude zu sehen, die Zimmerpflanze unter dem rechten Arm, die Quietsche-Ente in der linken Hand, die Zahnbürste zwischen den Zähnen. Dazu die Worte: „Ich habe schon gepackt, wann kann ich anfangen?"

Witzig, finden Sie nicht? Leider ist solch eine ausgefallene Bewerbung nicht in jeder Branche üblich. Meist wird nach wie vor die schriftliche Bewerbung, sei es die klassische Print- oder die populärer werdende Online-Variante, verlangt. Und die Anforderungen der Personalleiter an eine gute Bewerbung sind hoch.
Das Anschreiben als Begleitbrief für Ihre sämtlichen Bewerbungsunterlagen sollte vor allem den Nachweis erbringen, dass Sie - genau Sie - zu den attraktivsten Bewerbern gehören. Bei der Erstellung des Briefes sollten Sie aber auch an Ihre Leser denken. Aus welchem Grund sollte sich ein Personalleiter durch einen Roman kämpfen, wenn er noch einen ganzen Stapel anderer interessanter Bewerbungen vor sich liegen hat? Daher: In der Kürze liegt die Würze. Das heißt nicht unbedingt, dass Sie den Text, wie häufig empfohlen, auf eine Seite „quetschen" müssen. Lockern Sie Ihr Anschreiben auf. Gliedern Sie es in mehrere inhaltliche Absätze. Arbeiten Sie gegebenenfalls mit Aufzählungen. Achten Sie in jedem Fall darauf, dass der Leser den Text ohne Mühe überfliegen kann.

In der Kürze liegt die Würze

Hände weg von Ghostwritern

Einige mögen glauben, man könne sich die Mühe eigentlich auch sparen. Wozu gibt es schließlich professionelle Anbieter, die einem die Bewerbung schreiben?

Diese so genannten Ghostwriter gibt es tatsächlich und sie werden Ihnen mit Sicherheit eine perfekte Bewerbung erstellen. Der Interviewtermin ist Ihnen gewiss. „Wo ist dann der Haken?“, werden Sie jetzt fragen. Glauben Sie tatsächlich, die Personalverantwortlichen verfügten über so wenig Menschenkenntnis, dass Sie damit durchkämen? Wahrscheinlich werden Ihre Gesprächspartner nicht einmal zehn Minuten brauchen, um Sie zu entlarven. Wie sie das machen? Jeder Mensch hat ein so genanntes Stammvokabular. Im Verlauf eines ausführlichen Bewerbungsgesprächs erkennt der Interviewer Unterschiede im Stammvokabular des Gesprächspartners und dessen Bewerbungsschreiben. Ganz schön unangenehm, wenn Sie gefragt werden, wer Ihre Bewerbung geschrieben hat. Auch wenn Sie sich fremdes Stammvokabular aneignen, wird Ihr ganz persönlicher Ausdrucksstil erkennbar bleiben. Also, Hände weg von Ghostwritern!

Das äußere Erscheinungsbild

Bitte keine Rechtschreib- und Interpunktionsfehler

Personalexperten legen bei der schriftlichen Bewerbung großen Wert auf ein ordentliches Erscheinungsbild - und sie nehmen es sehr genau. Eine Umfrage bei den größten Unternehmen Deutschlands ergab, dass Formfehler noch am ehesten akzeptiert werden, nicht aber Rechtschreib- und Interpunktionsfehler. Einschränkungen gestand Bernhard Hofer, Leiter der Berufsausbildung am Standort München der BMW AG, lediglich bei gewerblichen und technischen Berufen zu, nicht aber bei kaufmännischen Arbeitsgebieten oder speziellen Nachwuchsprogrammen mit Studium oder Technikerausbildung.

Formale Anforderungen

Da wir die Form immer wieder angesprochen haben, hier zur Sicherheit einige formale Kriterien, die Sie bei der Erstellung des Anschreibens beachten sollten:

Checkliste

- ☑ Briefpapier: weißes, unliniertes DIN-A4-Papier oder gutes Recyclingpapier mit mindestens 70 g/m². Sie können - bei einer entsprechenden Position - auch gedrucktes Briefpapier mit eigenem Briefkopf verwenden.
- ☑ Seitenränder:
  - links: 25 bis 30 mm
  - rechts: mind. 15 mm
  - oben: ca. 20 mm
  - unten: ca. 20 mm
- ☑ Zeilenabstand: ein- oder eineinhalbzeilig
- ☑ Standardschriftarten: z. B. Times New Roman oder Arial

So gefällt Ihr Anschreiben

Experten-Tipp von Michael Gredler, Personalberater der CSD Management-Consulting GmbH, Wien und Innsbruck

Selbstverständlich sollte jede Bewerbung ohne Rechtschreib- und Grammatikfehler geschrieben werden. In Bezug auf das Layout sollte man sich an die einschlägigen DIN-Normen halten. Noch wichtiger ist allerdings eine gute Einteilung. Als Maßstab mag hier das aus der Verkaufstechnik bekannte AIDA-Prinzip dienen. Bei all dem sollten Sie beachten, dass das Anschreiben nicht länger als eine Seite wird, ausgenommen, die im Inserat verlangten Angaben erfordern eine ausführlichere Beantwortung. Nicht zu vergessen, die Unterschrift. Auch wenn dem Stil der Unterschrift nicht überall große Bedeutung beigemessen wird: Eine vergessene Unterschrift wirkt in jedem Fall negativ. Handschriftenproben sollten Sie nur dann beilegen, wenn dies ausdrücklich verlangt wird. Noch ein Satz zum optischen Bild. Mischen Sie nie mehrere Schriftarten in Ihrem Bewerbungsschreiben, es sei denn, Sie bewerben sich bei einer Kreativagentur.

- ☑ Briefkopf/Absender: oben, linksbündig. Zur Absenderadresse gehört unbedingt auch die Telefonnummer. Wenn Sie über Fax oder eine E-Mail-Adresse verfügen, können Sie dies ebenfalls anführen.
- ☑ Empfängeradresse: nach ca. vier Leerzeilen, exakt so wie es in der Anzeige angegeben ist.
- ☑ Ort/Datum: mind. 120 mm Abstand zum linken Blattrand oder rechtsbündig
- ☑ Betreffzeile: nach ca. drei Leerzeilen, fett, ohne die Worte „Betreff" oder „Betr.". Formulieren Sie kurz und prägnant den Anlass Ihres Schreibens, z. B. „Ihre Anzeige in der *Zeit* vom 01. 08. 99: Ausbildung zum Bankkaufmann".
- ☑ Anrede: nach ca. 2 Leerzeilen; „Sehr geehrte Frau Dr. XYZ" oder „Sehr geehrter Herr ABC", wenn der Ansprechpartner bekannt ist (auf die richtige Schreibweise achten, ggf. Doktortitel nicht vergessen); „Sehr geehrte Damen und Herren" sollte nur dann verwendet werden, wenn der Ansprechpartner fehlt. Besser ist es jedoch, den richtigen Ansprechpartner vorher zu erfragen.
- ☑ Inhalt: Schreiben Sie, welchen Bezug Sie zu der ausgeschriebenen Position haben, was Sie qualifiziert und warum Sie Ihrer Meinung nach ein geeigneter Kandidat sind. Gliedern Sie das Anschreiben inhaltlich sinnvoll. Alle Absätze werden durch eine Leerzeile getrennt.

- Unterschrift: circa fünf Leerzeilen nach der Grußformel. Unterschreiben Sie möglichst leserlich mit Vor- und Nachnamen, vorzugsweise mit blauer oder schwarzer Tinte.
- Anlagenvermerk: Hinweis auf Anlagen z.B. „Anlage: Bewerbungsmappe"
- Zweiseitiges Anschreiben: Bei einem zweiseitigen Anschreiben wird der Brieftext nach einer Leerzeile auf der folgenden Seite fortgesetzt.

Beachten Sie, dass sich die Musterform auf der gegenüberliegenden Seite an den Regeln der Textverarbeitung orientiert. Ihrer Phantasie und Kreativität sind jedoch keine Grenzen gesetzt. Sie sollten beim Entwerfen lediglich an Ihre Leser denken.

Grafische Gestaltung

Wie kreativ darf ein Bewerbungsanschreiben denn nun sein, ohne dass der Personalchef das Anschreiben entsetzt zur Seite legt? Lassen Sie uns die einzelnen Punkte in Bezug auf die grafische Gestaltung analysieren.

▪ Schriftart

Mit den Standartschriftarten Arial oder Times New Roman können Sie nichts falsch machen: Arial ist ebenso gut lesbar wie Times New Roman, wobei Times New Roman die klassische Variante ist. Sie können je nach Geschmack aber auch auf andere Schriften zurückgreifen: So hat Abadi MT Condensed Light sicherlich seinen Charme. Wenn Sie genau hinsehen, ist die Schrift jedoch recht schmal. Probieren Sie es einfach aus. Drucken Sie Ihr Anschreiben in verschiedenen Schriften aus und entscheiden Sie dann, welche für Ihr Anschreiben am passendsten ist. Vermeiden Sie aber Schriften, die zu verspielt oder nur schwer lesbar sind. Lucida Blackletter zum Beispiel ist nur mühsam entzifferbar. Auch Lucida Handwriting erleichtert das Lesen nicht. Wie gesagt, denken Sie bei der Auswahl immer an Ihren Leser.

▪ Schriftgröße

Auch bei der Wahl der Schriftgröße bildet der Leser die Jury. Eine Schrift in Größe 11 oder 12 Punkt lässt sich leicht entziffern. Schwieriger wird es mit kleinen Schriften. Bei Schriftgröße 8 muss der ein oder andere Leser bereits zur Lupe greifen. Von einem Überfliegen des Dokumentes kann hier also keine Rede mehr sein. Auch Größe 10 stellt nicht wirklich zufrieden. Probieren Sie auch hier verschiedene Möglichkeiten aus und entscheiden Sie sich dann.

Größer als 12 Punkt sollte die Schrift allerdings auch nicht sein. Der Leser ist weder blind, noch gehört er zu der Gruppe, für die Bücher in Großdruckformat gedacht sind.

▪ Gestaltungsmöglichkeiten

Neben der Schriftart und -größe spielt die äußere Form, das Erscheinungsbild des Dokuments eine große Rolle. Beachten Sie: Der Personalleiter möchte sich möglichst schnell einen ersten Eindruck verschaffen. Mit „Bleiwüsten" ohne Punkt und Komma tun Sie ihm und sich keinen Gefallen. Sie erleichtern ihm dagegen den Überblick, wenn Sie mit Absätzen, Gliederungen und unterschiedlichen Formatierungen arbeiten. Dieses Buch ist übrigens im Blocksatz formatiert - nur um Ihnen ein Gefühl dafür zu geben.
In die Tat umgesetzt bedeutet dies:
Sie arbeiten mit

- Absätzen
- Gliederungen
- verschiedenen Formatierungen wie
  - linksbündigem Flattersatz
  - oder Blocksatz

Denken Sie stets daran, welche Wirkung Sie durch die grafische Gestaltung Ihrer Bewerbung erzielen wollen.
Wenn Sie richtig kreativ werden wollen oder auch sollen - in der Werbebranche ist dies ein Muss -, dann können Sie sich originelle „Verpackungen" für Ihre Bewerbung ausdenken. Wir haben für die Bewerbermesse „Characters" einiges an Kreativität erlebt, die Ihnen als Anregung dienen könnte. Wie gesagt, Ihrer Fantasie sind (fast) keine Grenzen gesetzt:

Beispiele für kreative Verpackungen

- Ein Bewerber schickte uns einen Spankorb, gefüllt mit Moos, zwei Bund frischem Spargel sowie seiner Bewerbungsmappe. „Auf die guten Köpfe kommt es an", lautete sein Motto.
- Ein anderer Kandidat verkleinerte alle seine Dokumente auf A6, ließ sie binden, umlegte sie mit festem farbigem Wellkarton und schraubte seine Bewerbung förmlich zusammen. Über die Größe lässt sich streiten, aber originell war es allemal.
- Ein letztes Beispiel: Ein Bewerber hatte seine gesamte Bewerbung in Presseartikel der „Wirtschaftswoche" verpackt. Mit großem Spaß haben wir die komplette „Zeitung" durchgeschmökert.

Sie sehen, erlaubt ist fast alles. Bedenken Sie aber stets, für welche Branche Sie sich bewerben. Die „Wirtschaftswoche" mag zwar der Clou unter den Bewerbungsmappen sein, dürfte aber im öffentlichen Dienst, bei Banken oder Versicherungen nicht sehr erfolgreich sein.

Der Ton macht die Musik

„Sie können von Glück reden, wenn ich für Sie arbeite" - diese Haltung führt höchstwahrscheinlich in den seltensten Fällen zum Erfolg, selbst in jenen Branchen nicht, in denen dringend Positionen besetzt werden müssen. Überheblichkeit, Arroganz oder gar Frechheit sind Eigenschaften, die die wenigsten Unternehmen vertragen. Und nur selten wünschen sich Personalexperten, solche Menschen in einem Vorstellungsgespräch kennen zu lernen.

Auf der anderen Seite sollten Sie aber auch nicht in die Rolle des Bittstellers schlüpfen. Seien Sie nicht zu unterwürfig, denn das hat zur Folge, dass man Ihnen mangelndes Selbstbewusstsein und Unsicherheit zur Last legt. Wählen Sie den goldenen Mittelweg und werben Sie für Ihre Fähigkeiten. Seien Sie sich Ihrer Stärken und Schwächen bewusst. Überlegen Sie sich, was den Leser interessieren könnte und was Sie ihm gerne über sich mitteilen möchten. Studieren Sie die Anzeige und das beschriebene Anforderungsprofil. Deckt es sich mit Ihren Qualifikationen? Wenn nicht, warum denken Sie trotzdem, ein geeigneter Kandidat zu sein?

Formulierungen, die Sie vermeiden sollten

Zeigen Sie dem Personalbeauftragten in Ihrer Wortwahl, dass Sie von sich und Ihren Fähigkeiten überzeugt sind. Denken Sie auch daran, dass „Sie" sich be-

Schlechte Formulierungen	Bessere Formulierungen
▪ Ich glaube, ich denke, ich meine …	▪ Meine Stärken sind … Ich kann gut …
▪ Ich möchte gerne …	▪ Ich stelle mir vor …
▪ Wäre es vielleicht möglich …?	▪ Ist es möglich …? ▪ Bitte prüfen Sie, ob …
▪ Ich habe ein bisschen …	▪ Ich habe Grundkenntnisse in …

werben. Sprechen Sie also von sich nur in der Ich-Form. Das Wörtchen „man" hat in einer Bewerbung nichts zu suchen, auch nicht als Bezeichnung für das Unternehmen.
Damit aber genug der Theorie: Sie sind an der Reihe. Am Musterbeispiel auf der gegenüberliegenden Seite sollten Sie sich nun Punkt für Punkt mit Ihrem individuellen Anschreiben auseinandersetzen.

Das individuelle Anschreiben – Punkt für Punkt

1. Analyse des Anforderungsprofils

▸ *Siehe Seite 30*

Wenn Sie das Anschreiben auf eine Stellenanzeige bezogen formulieren wollen, prüfen Sie zunächst die Anforderungen des Unternehmens. Gehen Sie dabei so vor, wie es in Kapitel 3, „Am Start", beschrieben wurde. Schreiben Sie die erforderlichen Kriterien untereinander und markieren Sie, welche Sie erfüllen. Begründen Sie diese mit den entsprechenden Fakten. Anschließend wenden Sie sich den nicht erfüllten Kriterien zu und erläutern, wie Sie diese fehlende Qualifikation zu kompensieren gedenken.
Glauben Sie nicht, dass Sie sich um diese Analyse drücken können. Auch wenn Sie sich initiativ bewerben, hat das Unternehmen Anforderungen. Ein Telefonat, die Unternehmenspräsentation, alte Stellenanzeigen oder Ähnliches bringen Licht ins Dunkel.

2. Absender

Geben Sie Ihre vollständige Adresse mit Telefonnummer und ggf. Ihrer E-Mail-Adresse an. Denken Sie daran, dass man Sie wahrscheinlich tagsüber kontaktieren wird. Sollten Sie nicht zu Hause sein, vermerken Sie, wann Sie am besten zu erreichen sind. Beispiel:

„040/123456 ab 18 Uhr".

Sollten Sie einen Anrufbeantworter haben, können Sie dies entsprechend in Ihrem Absender angeben:

„040/123456 (AB)"

Vorsicht bei der Angabe Ihrer Bürodurchwahl

Wenn Sie den Arbeitsplatz wechseln wollen, sollten Sie es sich gut überlegen, ob Sie die Telefonnummer Ihres Büros angeben. Bedenken Sie, dass Sie an Ihrem Arbeitsplatz – zum Beispiel in einem Großraumbüro – zum einen oftmals nicht ungestört sprechen können, zum anderen riskieren Sie möglicherweise Ihren Arbeitsplatz. Sie wären nicht der Erste, dem der Arbeitgeber zuvorkommt,

Absender (2):
ggf. Titel Vorname und Name
Straße
PLZ Wohnort
Telefon/Faxnummer (ggf. mit Hinweis auf Anrufbeantworter oder Uhrzeit)
ggf. E-Mail-Adresse

Adressat (3):
Firma
Name des Empfängers
Abteilung
Straße oder Postfach

PLZ Ort

Ort, Datum (4)

Betreffzeile (5)

Anrede (6)

Einleitungstext (7)
Ihr Angebot (8)
Grund der Bewerbung (9)
Möglicher Eintrittstermin (10)
Verabschiedung (11)

Grußformel (12)

Handschriftliche Unterschrift (13)

Anlagenvermerk (14)

Musterbeispiel für das individuelle Anschreiben

indem er Sie bittet, die Firma zu verlassen. Die Ausnahme: Sie haben einen befristeten Arbeitsvertrag, der ausläuft und/oder Sie haben Ihren Wechsel mit Ihrem Vorgesetzten abgestimmt.

3. Adressat

Schreiben Sie die Unternehmensadresse aus der Stellenanzeige korrekt ab. Zusätze wie GmbH & Co. KG gehören zum Firmennamen. Achten Sie auch auf die korrekte Schreibweise des Ansprechpartners. Sollten Sie unsicher sein, ob Sie denn tatsächlich den richtigen Ansprechpartner haben oder die Schreibweise korrekt ist, rufen Sie sicherheitshalber nochmals im Unternehmen an. Beispiel:

Traumfabrik GmbH
Personalabteilung
Herr Dr. Ernst Wunderlich
Schnellstraße 23

12345 Personalstadt

4. Ort, Datum

Nicht vergessen! Der Zusatz „den“ wird heute übrigens nicht mehr verwendet.

5. Betreffzeile

Formulieren Sie kurz und prägnant den Anlass Ihres Schreibens. Beispiel:

„Ihre Anzeige im *Hamburger Abendblatt* vom 01.08.99, Ausbildung zum Bankkaufmann“

Der Leser weiß jetzt, dass Sie sich auf eine bestimmte Anzeige bewerben. Weisen Sie bei einer Initiativbewerbung nicht nur darauf hin, dass Sie sich bewerben, sondern auch für welchen Bereich. Beispiel:

„Bewerbung als Junior-Produktmanager“

6. Anrede

Ein Brief ohne Anrede wirkt unhöflich, ein Anschreiben mit einer falschen Anrede fast beleidigend. Prüfen Sie deshalb genau, ob der Ansprechpartner in der

Empfängeradresse mit der Anrede übereinstimmt. Sollten Sie mehr als einen Ansprechpartner haben, so nennen Sie diese auch in der Anrede.
Beispiel:
„Sehr geehrte Frau Dr. Mann, sehr geehrter Herr Schmidt“

7. Einleitungstext

Anlass der Bewerbung und Interessensbekundung

Der Einleitungssatz sollte sich auf die Position beziehen, auf die Sie sich bewerben - sofern Sie diese nicht schon in der Betreffzeile genannt haben. Ferner sollte er den Anlass der Bewerbung, beispielsweise ein vorangegangenes Telefonat, sowie Ihre Interessensbekundung enthalten. Vermeiden Sie es jedoch unbedingt, die Stellenanzeige in der Art „Sie suchen einen qualifizierten, engagierten...“ zusammenzufassen. Ihr Ansprechpartner weiß, wen oder was das Unternehmen sucht.
Schmeicheln Sie auch nicht dem Betrieb „als einem der größten und erfolgreichsten Unternehmen in Ihrem Sektor“. Das mag zwar stimmen und dem Anzeigentext entsprechen, aber auch hier interessiert es den Personalleiter nicht, dass Sie lesen können. Vielmehr laufen Sie Gefahr, das Geschriebene oder Gesagte falsch zu interpretieren.
Beispiele für gelungene Einleitungssätze:

„In Kürze werde ich mein Studium zum Diplom-Informatiker an der TU München mit Prädikatsexamen abschließen. Aufgrund meiner Praxiserfahrung bin ich sicher, die...“

„Wie im Gespräch mit Herrn Meier auf der Messe „Du und deine Welt“ in Hamburg besprochen, sende ich Ihnen meine Bewerbungsunterlagen zu. Ich möchte anfragen, ob Sie für Ihre neu eröffnete Niederlassung in Pinneberg noch eine Fachkraft im Bereich ‚Bankett und Restaurant‘ benötigen.“

8. Ihr Angebot

An dieser Stelle sind Ihre Vorbereitungen sowie die Ergebnisse Ihrer Anforderungsanalyse gefragt. Welche Qualifikationen und Erfahrungen werfen Sie in die Waagschale, mit denen Sie dem Unternehmen von Nutzen sein können und sich gleichzeitig von der Konkurrenz abheben? Picken Sie sich die wichtigsten Punkte aus Ihrem Katalog heraus und machen Sie auf Ihren Lebenslauf neugierig. Wenn Sie Schwierigkeiten bei der Formulierung haben, versuchen Sie zunächst, Ihr persönliches und berufliches Profil in einem Gespräch mit einem

Bekannten oder Freund zusammenzufassen. Notieren Sie das Gesagte und formulieren Sie es dann um.
Beispiel:

„Die von Ihnen geforderten Voraussetzungen bringe ich mit:
- In meiner Diplomarbeit habe ich einen Teilbereich eines Projektes selbstständig betreut und dabei ...
- Die englische Sprache beherrsche ich in Wort und Schrift. Nicht nur weil ich für ein Jahr an der Universität in Chicago studiert habe, sondern weil ich parallel zum Studium ...
- Was die Software-Entwicklung angeht: Zu meinem Studium gehören ...“

9. Grund der Bewerbung

Wie profitiert das Unternehmen von Ihnen?

Schreiben Sie jetzt nicht, Sie sehen in der Position tolle Entwicklungsmöglichkeiten für sich oder Sie könnten unglaublich viel dazulernen. Warum nicht? Glauben Sie, es interessiert einen Personalverantwortlichen, welchen Nutzen Sie von einer Position im Unternehmen haben? Wenn Sie bereits in der engeren Auswahl sind, ist dies wahrscheinlich von Interesse, in erster Linie aber ist es entscheidend, ob das Unternehmen von Ihnen profitiert. Ihre Begründung sollte daher so formuliert sein, dass der Leser erkennt, warum Sie sich für sein Unternehmen, die Branche oder die Position entschieden haben und wie Sie sich einbringen möchten. Auch in diesem Fall hilft bei der Formulierung, wenn Sie zunächst laut zusammenfassen, was Ihnen wichtig ist. Notieren Sie anschließend Ihre Gedanken und formulieren Sie sie um.
Beispiel:

„Warum ich gerne zur Traumfabrik möchte? Ich bin überzeugt davon, dass ich mit meinem im Studium erworbenen Wissen und meiner Praxiserfahrung die Entwicklung Ihrer neuen Softwarekomponente entscheidend voranbringen kann ...“

10. Möglicher Eintrittstermin

Bereits in der Stellenanzeige wird oftmals ausdrücklich die Angabe des frühestmöglichen Eintrittstermins verlangt. Wann wollen Sie in dem Unternehmen anfangen? Bedenken Sie dabei auch mögliche Kündigungsfristen.

11. Verabschiedung

Betonen Sie in der Verabschiedung nochmals Ihr Interesse an der Mitarbeit im Unternehmen und an der Position sowie den Wunsch, sich persönlich vorzustel-

len. Sollte Ihre Bewerbung vertraulich behandelt werden, weil Sie in ungekündigter Stellung sind, weisen Sie an dieser Stelle darauf hin.
Beispiel:

„Wann darf ich mich bei Ihnen vorstellen?“

„Habe ich Ihr Interesse geweckt? Dann freue ich mich sehr über eine Einladung zum Gespräch.“

„Da ich mich in ungekündigter Stellung befinde, bitte ich Sie, meine Bewerbung vertraulich zu behandeln.“

12. Grußformel

Hochachtungsvoll ist „out“, „Mit freundlichen Grüßen“ oder „Freundliche Grüße“ genügt völlig. Sie können sich auch – je nach Situation – etwas persönlicher verabschieden:

„Freundliche Grüße aus dem sonnigen Hamburg“

„Ich freue mich auf Ihre Antwort“

13. Unterschrift

Nicht vergessen: die handschriftliche Unterschrift

Vergessen Sie nicht, mit Vor- und Nachnamen handschriftlich zu unterschreiben. Ob die Unterschrift nochmals gedruckt erscheinen sollte, ist umstritten. Benötigt wird sie nicht, da Ihr Name bereits im Absender genannt wird. In Geschäftsbriefen muss der Name per Schreibmaschine oder PC angefügt werden, da man auf Firmenbriefpapier schreibt und die Unterschrift in den wenigsten Fällen lesbar ist. Im Bewerbungsschreiben können Sie aber darauf verzichten.

14. Anlagenvermerk

Der Vermerk „Anlagen“ ist ausreichend

Wenn Sie Anlagen wie den Lebenslauf, Zeugnisse oder Arbeitsproben hinzufügen, verweisen Sie darauf. Sie können die Einzelanlagen gesondert aufzählen, um dem Personalleiter ein rasches Überprüfen der Vollständigkeit zu ermöglichen. Generell genügt aber der Vermerk „Anlagen“. Versenden Sie auf keinen Fall nur ein Anschreiben. Selbst eine Anfrage oder eine Kurzbewerbung enthält zumindest den Lebenslauf.
So, das wars. Bevor Sie das Anschreiben versenden, prüfen Sie anhand der folgenden Checkliste nochmals, ob Sie auch nichts vergessen haben.

Checkliste

Das Anschreiben im Überblick

- ☑ Ansprechendes Layout (Seitenränder, Absätze etc.)
- ☑ Keine Rechtschreibfehler
- ☑ Vollständige Adresse mit Telefonnummer und ggf. E-Mail-Adresse
- ☑ Vollständige Unternehmensadresse mit Ansprechpartner
- ☑ Ort und Datum
- ☑ Korrekt formulierte Betreffzeile (Bezug auf die richtige Anzeige?)
- ☑ Korrekte Anrede (Anrede mit Adressat identisch?)
- ☑ Einleitung
- ☑ Ihr Angebot
- ☑ Grund der Bewerbung
- ☑ Möglicher Eintrittstermin
- ☑ Verabschiedung mit dem Wunsch zum Vorstellungsgespräch
- ☑ Grußformel
- ☑ Handschriftliche Unterschrift
- ☑ Anlagenvermerk

Musteranschreiben – Kommentiert und korrigiert

Auf den folgenden Seiten finden Sie von Personalexperten ausführlich kommentierte Beispielanschreiben aus der Praxis. Die korrigierten Briefe im Anschluss an die Beispiele vermitteln jeweils einen guten Eindruck von einem Erfolg versprechenden Anschreiben. Wir möchten jedoch vorab noch einmal darauf hinweisen, dass es das ideale Anschreiben oder die perfekte Form nicht gibt. Jeder Personalleiter hat seine eigenen Vorstellungen von einem optimalen Bewerbungsschreiben. Entsprechend unterschiedlich fallen die Anschreiben aus. Nutzen Sie die Beispiele als Anleitung und Anregung für Ihren eigenen, ganz individuellen Bewerbungsbrief.

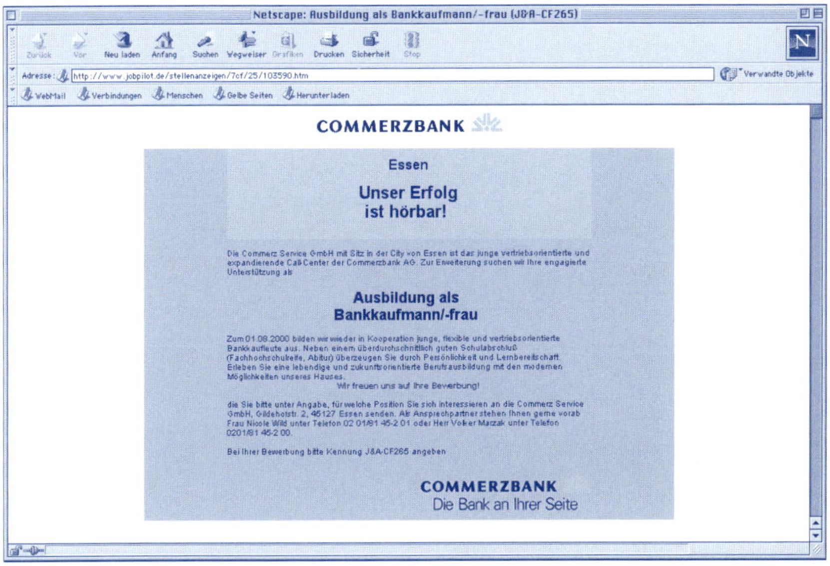

Stellenanzeige der Commerz Service GmbH

Worauf kommt es dem Unternehmen an?

Ein Stellenangebot im Internet vermittelt: „Wir sind modern." Eine Online-Anzeige, die Auszubildende im Finanzbereich anspricht, ist jedoch nahezu revolutionär, zumindest aber ungewöhnlich. Den Bewerber erwarten eine zukunftsorientierte Ausbildung und moderne Möglichkeiten. Dafür wird allerdings auch einiges vorausgesetzt: eine überdurchschnittliche Ausbildung und eine starke unternehmerische Persönlichkeit. Darüber hinaus werden junge Menschen angesprochen, die sich frühzeitig um ihre Zukunft bemühen. Die Anzeige wurde im Oktober 1999 geschaltet, gesucht wurde jedoch für August 2000.

Der Bewerber

Peter Wilma hat das Abitur mit der Note 2,7 abgeschlossen. Als Leistungskurse belegte er Wirtschaft, Politik und Mathematik. Da er sich für den Wirtschaftsbereich interessiert, hat er eine einjährige Zusatzausbildung an der Höheren Handelsschule für Abiturienten begonnen, die ihm jedoch nicht gefällt. Während der Ferien war er als Praktikant in der Kreissparkasse und bei einer Rechtsanwaltskanzlei tätig. Zur Aufbesserung seines Taschengeldes arbeitete er zudem als Aushilfe bei einer Steuerberatungsgesellschaft. In seiner Freizeit spielt er gerne Gesellschaftsspiele - u. a. das „Börsenspiel" - und beschäftigt sich mit dem Computer.

Kommentiertes Musterbeispiel

Bewerbungsanschreiben eines Azubis zum Bankkaufmann

1

Peter Wilma
Austerngasse 12
23869 Fischbek
Tel.: 0 45 32/12 34 56 67

Commerz Service GmbH 2
Gildehofstr. 2

45127 Essen

Essen, 13.10.99 3

Ausbildung zum Bankkaufmann 5

Sehr geehrte Damen und Herren, 4

hiermit bewerbe ich mich für eine Ausbildung als Bankkaufmann.

Ich bin 19 Jahre alt, habe eine gepflegte Erscheinung und gute Umgangsformen. Im Umgang mit Menschen bin ich höflich, zuvorkommend und gewandt. Ich denke, ich kann auch anspruchsvolle Kunden beraten und zufriedenstellen.

Im Sommer 1999 habe ich meine allgemeine Hochschulreife erhalten. Meine Leistungskurse waren Mathematik, Wirtschaft und Politik. In meinem Wahlfach Informatik lernte ich die Anwendungen des Office-Pakets, aber auch Grundlagen der Programmierung. 6

Ich erwarte während meiner Lehrzeit eine freundliche Betreuung und hoffe, dass ich einen großen Überblick über alle Bereiche der Bank erhalten werde! 7

Ich kann die Stelle sofort annehmen! Wann darf ich mich vorstellen?

Mit freundlichen Grüßen 8

Peter Wilma

1

Formal

+

Alle wichtigen Punkte wie Ort und Datum sowie handschriftliche Unterschrift wurden beachtet. Ein insgesamt ansprechendes, übersichtliches Layout. Das Anschreiben lässt sich leicht lesen, der erste Eindruck ist positiv!

2

Empfänger

–

Wohin soll die Hauspost die Bewerbung weiterleiten? Es ist weder ein Ansprechpartner noch eine Abteilung angegeben. Hat der Bewerber Pech, landet die Bewerbung im Nirgendwo.

3

Betreff

–

Da sich der Bewerber gezielt auf eine bestimmte Anzeige hin bewirbt, wäre es besser gewesen, sich auf diese in der Betreffzeile zu beziehen. Zumal in der Anzeige sogar ausdrücklich darum gebeten wird.

4

Anrede

–

In der Anzeige sind zwei Ansprechpartner angegeben, die die Bewerber vorab telefonisch kontaktieren können. Trotzdem spricht Herr Wilma in seinem Anschreiben keine bestimmte Person an.

5

Einleitung

–

Die Floskel „Hiermit bewerbe ich mich …“ entspricht zwar einer Einleitung, ist aber wenig gelungen. Sobald der Leser die Unterlagen in den Händen hält und die Betreffzeile sieht, weiß er, dass es sich um eine Bewerbung handelt.

6

Gründe für die Bewerbung

–

Der Bewerber präsentiert zwar seine Qualifikationen, er geht allerdings nur in punkto Hochschulreife auf das Anforderungsprofil des Unternehmens ein. Zudem sollte er mit seinen fachlichen Fähigkeiten beginnen und dann erst die persönlichen anschließen. Weiterer Minuspunkt: Formulierungen wie „Ich denke“ sollten vermieden werden. Sie zeugen von wenig Selbstsicherheit.

7

Angebot

–

„Ich erwarte …“: So etwas dürfen Sie denken und diplomatisch im Gespräch formulieren, auf keinen Fall aber niederschreiben. Hier muss stehen, was das Unternehmen von Ihnen erwarten kann, nicht umgekehrt.

8

Verabschiedung

–

Das Unternehmen sucht einen Mitarbeiter zum 01. 08. 2000!

Fazit

–

Mit diesem Anschreiben ist die Absage garantiert: Der Brief erweckt den Eindruck eines Serienschreibens und bezieht sich in keiner Weise auf die Anzeige, weder in der Anrede noch in den Unternehmensanforderungen an den Bewerber. Die Verabschiedung schließlich bringt das Fass zum Überlaufen.

Korrigiertes Musterbeispiel

Peter Wilma
Austerngasse 12
23869 Fischbek
Tel.: 0 45 32 / 12 34 56 67

Commerz Service GmbH
Nicole Wild
Gildehofstr. 2

45127 Essen

Essen, 13.10.99

Ihre Anzeige „J&A-CF265" in *Jobs & Adverts*
„Ausbildung als Bankkaufmann/-frau"

Sehr geehrte Frau Wild,

vielen Dank nochmals für das informative Telefonat am 12. 10. 99. Es hat mich in meinem Wunsch bestärkt, mich in Ihrem Hause für eine Ausbildung zum Bankkaufmann zu bewerben.

Im Sommer 2000 werde ich meine einjährige Zusatzausbildung an der Höheren Handelsschule für Abiturienten mit großem Erfolg abschließen. Mein Wunsch, für eine Bank tätig zu werden, wurde bereits vor einigen Jahren geweckt. Grundlegend für diese Entwicklung waren mein Interesse, Börsendaten zu verfolgen – ich habe beim Börsenspiel des Handelsblatts den 4. Platz belegt – sowie mein Leistungskurs Wirtschaft auf dem Gymnasium. Vor allem aber bestärkte mich mein einmonatiges Praktikum bei der Kreissparkasse, in dem ich erste Einblicke in die verschiedenen Bereiche der Bank erhalten konnte.

Es macht mir Spaß, mich mit neuen Themen auseinander zu setzen. So habe ich beispielsweise im Sommer einen Lehrgang „Ausbilder Erste Hilfe" in Hamburg mit Erfolg abgeschlossen. Ich bin damit der jüngste Ausbilder im Bereich der Erwachsenenbildung.

Von einer Ausbildung in Ihrem Hause erhoffe ich mir einen umfangreichen Einblick in die verschiedenen Bereiche der Bank und die Erlernung des „Handwerkszeugs" der Bankkaufmänner bzw. -frauen, um schon während der Ausbildung erfolgreich im Unternehmen eingesetzt werden zu können.

Wie bereits erwähnt, werde ich im Sommer 2000 die Höhere Handelsschule abschließen, sodass dem Eintrittstermin am 01. 08. 2000 nichts im Wege steht.

Gerne überzeuge ich Sie in einem Gespräch von meinen Qualifikationen.

Mit freundlichen Grüßen

Anlagen

NICI®

Wir sind ein führender Markenhersteller für Plüschtiere und Geschenkartikel mit eigenen Verkaufsfilialen.

Zur Verstärkung unseres Teams in der Filiale München suchen wir

Verkäuferinnen

(Teilzeit 90 - 120 Std./Monat)

Wenn Sie gerne selbständig arbeiten, engagiert und flexibel in Ihren Arbeitszeiten sind, dann schicken Sie bitte Ihre aussagekräftigen Bewerbungsunterlagen z. Hd. Frau Rüggemeier.

NICI AG
Langheimer Straße 94 • 96264 Altenkunstadt

Stellenanzeige der Nici AG

Worauf kommt es dem Unternehmen an?

Die Anzeige ist recht offen gehalten, möglicherweise weil ausschließlich Teilzeitkräfte gesucht werden. Gewünscht sind nicht nur selbstständiges Arbeiten, sondern auch Flexibilität in Bezug auf die Arbeitszeiten. Teilzeitarbeit wird extra hervorgehoben. Bewerber können also davon ausgehen, dass Spitzenzeiten abgedeckt werden oder sich mehrere Teilzeitkräfte arrangieren müssen.

Die Bewerberin

Nicole Sandmann hat nach einem zweijährigen Besuch der Höheren Handelsschule zunächst eine Ausbildung im Einzelhandel abgeschlossen. Sie entscheidet sich dafür, als Fortsetzung ihrer Ausbildung ein Studium aufzunehmen. Es verschlägt sie in den Süden Deutschlands, nach München. Sie ist ein aufgeschlossener Mensch, der schon während der Ausbildung gerne Kundenkontakt hatte. In ihrer Freizeit geht Nicole Sandmann häufig wandern.

Kommentiertes Musterbeispiel

Bewerbungsanschreiben einer Angestellten nach abgeschlossener Ausbildung

1

Nicole Sandmann
Meerweinstraße 28a
22303 Hamburg

An die
Nici AG
z.Hd. Frau Rüggemeier
Langheimer Straße 94

96264 Altenkunstadt

2

3

Verkäuferin bei Nici AG

4

Sehr geehrte Frau Rüggenmeier,

5

nach meiner Ausbildung zur Einzelhandelskauffrau habe ich mich entschlossen, ein Betriebswirtschaftslehrestudium in München zu beginnen. Nun suche ich eine Anstellung, um meinen Lebensunterhalt zu verdienen.

Ich habe während meiner Ausbildung verschiedene PC-Kurse absolviert. Im Umgang mit den Kunden bin ich freundlich und zuvorkommend. Selbstständiges Arbeiten bin ich gewohnt.

6

Ich würde mich sehr freuen, wenn Sie mich zu einem Vorstellungsgespräch einladen würden.

7

Nicole Sandmann

Anlagen:
Lebenslauf
Zeugnisse

Kommentare

1
Formal
+

Insgesamt ist dieses Anschreiben sehr übersichtlich und gut gegliedert. Es gibt allerdings Einschränkungen: Die Schrift ist etwas zu verspielt und schwierig zu lesen, das Datum fehlt und auf den Zusatz „z. Hd." kann verzichtet werden: „z. Hd." wie auch „Betreff" und „den" im Datum sind heute nicht mehr üblich.

2
Absender
-

Die Bewerberin hätte im Absender ihre Telefonnummer angeben sollen. So ist der Leser gezwungen, sich schriftlich mit ihr in Verbindung zu setzen.

3
Betreff
-

Fett, kursiv und unterstrichen – das ist eindeutig zu viel. Grundsätzlich sollten Formatierungen sparsam eingesetzt werden. Zur Hervorhebung reicht es, den Text nur zu fetten. Weiterer Kritikpunkt: Aus der Betreffzeile geht nicht hervor, dass sich die Bewerberin gezielt auf eine Anzeige hin bewirbt. Es besteht also die Gefahr, dass ihre Mappe auf dem großen Stapel der Initiativbewerbungen landet und nicht gesondert betrachtet wird.

4
Gründe der Bewerbung
+

Pluspunkt: Gleich zu Beginn erläutert die Bewerberin ihre Gründe, sich als Hamburgerin in München zu bewerben.

5
Angebot
-

Die Bewerberin versucht auf die Muss-Kriterien einzugehen, begründet ihre Qualifikation aber leider nicht anhand von Beispielen. Auf die Forderung „flexibel in Ihren Arbeitszeiten" geht sie mit keiner Silbe ein.

6
Verabschiedung
-

„Ich würde mich sehr freuen ..." klingt unsicher, so als wolle die Bewerberin in Frage stellen, ob sie qualifiziert sei.

7
Unterschrift
-

Ein Anschreiben sollte handschriftlich unterschrieben sein. Eine maschinelle Unterschrift hat unter einem solchen Dokument nichts zu suchen.

Fazit
-

Grundsätzlich erfüllt die Bewerberin alle wichtigen Kriterien eines Anschreibens: Sie begründet ihre Bewerbung, erläutert kurz ihre Qualifikation und endet mit dem Wunsch des Vorstellungsgesprächs. Sie schafft es allerdings nicht, den Leser neugierig zu machen, sondern vermittelt ihm das Gefühl, ihr ginge es hauptsächlich um einen Job. Doch gerade im Verkauf ist der Anspruch an das Personal, mehr als nur einen guten Job zu machen. Spaß, Motivation und Engagement sorgen dafür, dass nicht nur die Mitarbeiter erfolgreich sind, sondern eben das Unternehmen. Leider bleibt die Bewerberin in ihrem Anschreiben jedoch äußerst vage und geht nicht explizit auf diese „wichtigen Faktoren" ein.

Korrigiertes Musterbeispiel

Nicole Sandmann
Meerweinstraße 28a
22303 Hamburg
Telefon 0 40/12 34 56

An die
NICI AG
Frau Rüggemeier
Langheimer Straße 94

96264 Altenkunstadt

Hamburg, 20.08.99

Ihre Anzeige in der *Münchner Morgenzeitung* vom 13.08.99,
Bewerbung als Verkäuferin

Sehr geehrte Frau Rüggemeier,

im Juli dieses Jahres habe ich meine Ausbildung zur Einzelhandelskauffrau bei Nanu Nana mit großem Erfolg abgeschlossen. Seit Anfang Oktober bin ich an der LMU München für das Fach Betriebswirtschaftslehre eingeschrieben. Parallel zum Studium möchte ich jedoch weiterhin in meinem erlernten Beruf tätig sein. Den Lebensunterhalt sichern ist sicherlich ein Grund. Die Hauptmotivation ist jedoch, dass mir der Verkauf, der Umgang mit Kunden und die Branche unglaublich viel Spaß machen.

Ich bin es gewohnt, selbstständig zu arbeiten und verfüge über PC-Kenntnisse in Word, Excel und PowerPoint. Im Umgang mit Kunden bin ich stets freundlich und zuvorkommend. Gerne möchte ich meine vielfältige Erfahrung und mein Engagement in Ihr Unternehmen einbringen. Durch mein Studium bin ich sehr flexibel, sodass einer Teilzeitbeschäftigung nichts im Wege steht.

Gerne überzeuge ich Sie in einem Gespräch von meiner Qualifikation.

Mit freundlichen Grüßen

Nicole Sandmann

Anlagen:
Lebenslauf
Zeugnisse

Stellenanzeige vom Elektrohaus Alfred Turm

Elektrofachbetrieb

Für den Einsatz in unserer Reperaturwerkstatt, im Kundenservice sowie in unserem Elektrofachhandel suchen wir für Vollzeitstelle eine/n

Elektroniker/in

Wir setzen voraus:

- Abgeschlossene Lehre als Elektromechaniker/in oder Elektroinstallateur/in
- selbständiges Arbeiten
- Flexibilität (Einsatz an Feiertagen/Wochenende)
- Freundlicher Umgang mit Kunden
- Wünschenswert: Erfahrung im Verkauf; PC-Kenntnisse

Bitte richten Sie Ihre Bewerbung an: Elektrohaus Alfred Turm
Schlossallee 135, 82761 München

Worauf kommt es dem Unternehmen an?

Kurz und bündig: Der Betrieb sucht eine weitere Arbeitskraft. Es wird wenig über das Unternehmen gesagt, der Fokus liegt auf den Qualifikationen, die der Bewerber mitbringen sollte. An dieser Stelle wäre es sinnvoll, sich das Elektrohaus vor der Bewerbung inkognito anzuschauen, um sich einen Eindruck zu verschaffen.

Der Bewerber

Peter Fischer hat eine Ausbildung zum Elektroinstallateur gemacht – Gesellenbrief mit Note 2,5 – und wurde im Anschluss in den Betrieb übernommen. Nach dem Tod des Inhabers wurde der Betrieb aufgegeben, sodass Herr Fischer seither arbeitslos ist. Er hat nicht gleich etwas Neues gefunden und zur Überbrückung als Hausmeister gejobbt. Nun möchte Herr Fischer wieder in seinen erlernten Beruf einsteigen, der ihm viel Spaß macht.

Kommentiertes Musterbeispiel

Bewerbungsanschreiben eines erfahrenen Handwerkers nach Berufspause

Peter Fischer
Am Brunnen 2
80769 München 1

Elektrohaus Alfred Turm
Schlossallee 135

82761 München 2

München, 29. 09. 1999

Ihre Anzeige 3

Sehr geehrte Damen und Herren,

ich möchte mich auf Ihre Anzeige bewerben. Sie suchen in der Zeitung einen Elektriker. Ich war leider eine Weile arbeitslos und suche eine neue Tätigkeit. Ich habe eine Ausbildung zum Elektriker gemacht und einige Fortbildungen besucht. Ich war als angestellter Elektriker tätig und als Hausmeister in einem Schwimmbad. Ich würde gerne wieder im Elektro-Bereich arbeiten und da ich die Anforderungen Ihrer Anzeige erfülle, würde ich mich sehr über ein Vorstellungsgespräch bei Ihnen freuen. 4

Mit freundlichen Grüßen

Peter Fischer

Kommentare

1

Absender

–

Die Adresse ist unvollständig. Der Bewerber hätte zumindest eine Telefonnummer angeben sollen. Bei Nachfragen oder der Terminabsprache für ein Vorstellungsgespräch muss das Unternehmen – und der Bewerber – so einen zeitaufwendigeren Schriftwechsel in Kauf nehmen.

2

Betreffzeile

–

„Ihre Anzeige" ist wenig aussagekräftig. Welche Position wurde ausgeschrieben, wann und in welcher Zeitung? Die Firma könnte ja in der Süddeutschen Zeitung einen Abteilungsleiter gesucht haben und in der Münchner Zeitung einen Elektromeister.

3

Anrede

–

Eine Bewerbung hat weitaus mehr Chancen, wenn sie gleich auf dem richtigen Schreibtisch landet. Dazu aber hätte der Bewerber sich vorab telefonisch nach seinem Ansprechpartner erkundigen müssen. In Handwerksberufen ist es ohnehin üblich, den Erstkontakt über das Telefon zu suchen.

4

Inhalt

+

Der erste Eindruck ist positiv: Kurz und bündig fasst der Bewerber alle Fakten übersichtlich zusammen, wenn auch der Text noch etwas gegliedert und stilistisch ausgefeilt werden könnte. Wegen der Kürze kann man hier jedoch ein Auge zudrücken. Weiterer Pluspunkt: Der Bewerber sagt die Wahrheit – er sagt sie jedoch etwas zu deutlich und fasst seinen gesamten Werdegang recht unverbindlich zusammen. Auch verwendet er das Wort „leider", das in einer Bewerbung nicht verwendet werden sollte. Der Leser möchte einen Bewerber nicht aus Mitleid, sondern aus der Überzeugung, eine hochqualifizierte Arbeitskraft gefunden zu haben, zum Gespräch einladen.

Fazit

–

Trotz eines insgesamt positiven Gesamteindrucks sind die Aussagen des Bewerbers zu allgemein gehalten und zu wenig auf das Anforderungsprofil zugeschnitten. Nicht nur, dass dieses Anschreiben aufgrund des unvollständigen Betreffs sowie des fehlenden Ansprechpartners unter Umständen in falsche Hände geraten kann, es erweckt zudem den Anschein eines Serienbriefes. Nicht zuletzt vermittelt der Bewerber mehr Resignation als Motivation in Bezug auf eine neue Arbeitsstelle.

Korrigiertes Musterbeispiel

Peter Fischer
Am Brunnen 2
80769 München
Tel.: 0 89 / 23 23 23 23

Elektrohaus Alfred Turm
Heidrun Wegner
Schlossallee 135

82761 München

München, 29.09.1999

Ihre Anzeige „Elektroniker/in" in der *Münchner Zeitung* vom 20. September 1999

Sehr geehrte Frau Wegner,

besten Dank für das informative Telefonat am 22. 09. 1999. Ihre Beschreibung des Aufgabengebiets hat mich in meinem Wunsch bestärkt, in Ihrem Hause als Elektroniker tätig zu werden.

Nach meiner Ausbildung zum Elektroinstallateur habe ich circa drei Jahre im Elektrofachhandel Berufserfahrung gesammelt. Während dieser Zeit war ich sowohl im Verkauf als auch im Werkstattbereich tätig und konnte selbstständiges Arbeiten und Flexibilität unter Beweis stellen. Der Umgang mit Kunden bereitete mir sehr viel Spaß.

Durch meine anschließende Tätigkeit als Hausmeister konnte ich meine Erfahrungen besonders im Installations- und Reparaturbereich erweitern. Aufgrund der Schließung des Bades bin ich seit drei Monaten arbeitslos. Zur beruflichen Weiterbildung habe ich in dieser Zeit meine PC-Kenntnisse (MS-Word, Excel, Access) vertieft. Ich verfüge über einen Führerschein der Klasse III und bin begeisterter Hobbygärtner.

Gerne würde ich Sie von meinen Qualifikationen überzeugen. Ich bin auch jederzeit bereit, meine Arbeitskraft für einige Tage unter Beweis zu stellen.

Ich freue mich auf Ihre Einladung zum Gespräch.

Anlagen

Worauf kommt es dem Unternehmen an?

„Werden Sie mit einem dynamischen Unternehmen auf einem heiß umkämpften Markt die Nummer 1!“ - der Leser spürt förmlich die Dynamik, den Ehrgeiz und den Biss, die dieses Unternehmen vorwärts treiben. Entsprechend werden auch die Anforderungen an die Bewerber formuliert. Selbstbewusste und erfolgreiche Typen sind gefragt, keine Träumer und Anfänger. Schließlich geht es darum, einen Markt zu erobern.

Die Bewerberin

Sonja Meienburg ist von Hause aus Kommunikationswirtin und arbeitet nun schon seit längerem in der Marketing- und Vertriebsabteilung eines großen Unternehmens, davon fünf Monate in einer englischen Niederlassung. Im Rahmen der Weiterbildung konnte Frau Meienburg das Seminar „Zeitmanagement“ und „Negotiating skills“ besuchen. Sie hat die gesetzliche Kündigungsfrist einzuhalten.

WWW SERVICE

a member of VERIO group

WWW-Service bietet Web-Präsenzen mit Power, Know-how und leistungsstarkem Service auf dem deutschen Markt. Dahinter steht Web-Hosting-Technik der VERIO Group mit Vertretungen und Vertriebspartnern in über 170 Ländern und weltweit über 265.000 Accounts. Wir suchen Sie als

Marketing-Manager/in mit Vertriebserfahrung

und unternehmerischem Biß

Als analytisch und strategisch denkender Vertriebsspezialist mit positiver Ausstrahlung verstehen Sie es, unsere Stärken Mitarbeitern und Kunden zu kommunizieren. Sie präsentieren Ihre Konzepte überzeugend und setzen diese erfolgsorientiert in die Tat um.
Sie besitzen einen Hochschulabschluß bzw. eine vergleichbare Ausbildung in Marketing und Vertrieb, zudem eine mehrjährige Berufserfahrung mit Kenntnissen im IT-Bereich.
Sehr gutes Englisch in Wort und Schrift (verhandlungssicher) setzen wir voraus. Idealerweise hatten Sie bereits Einblick in ein Unternehmen aus dem englischen/amerikanischen Sprachraum, das auf dem deutschen Markt tätig ist.

Ihre Chance: Werden Sie mit einem dynamischen Unternehmen auf einem heiß umkämpften Markt die Nummer 1!

Wir freuen uns auf Ihre aussagekräftige Bewerbung mit Gehaltsvorstellung und nächstmöglichem Eintrittstermin. Bitte richten Sie diese an:

WWW-Service GmbH
Human Resources - Frau Heather Sander
Neugablonzerstr. 1
D-93073 Neutraubling
Tel. (09401) 7 84-3 90, Fax (09401) 7 84-501
http://WWW-Service.de, EMail: jobs@WWW-Service.de

Stellenanzeige der WWW-Service GmbH

Kommentiertes Musterbeispiel

Bewerbungsanschreiben einer erfahrenen Angestellten mit festem Arbeitsverhältnis

Sonja Meienburg 1
Sommergasse 31
63303 Dreieich
Tel.: 0 61 03 / 7 45 23

WWW-Service GmbH
Human Resources
Frau Heather Sander 2
Neugablonzerstr. 1

93073 Neutraubling

05. Oktober 1999

Ihre Stellenanzeige in der *Süddeutschen Zeitung* vom 02. Oktober 1999 – Marketing-Managerin mit Vertriebserfahrung 3

Sehr geehrte Frau Sander, 4

schon immer wollte ich in Ihrem Unternehmen arbeiten. Sie suchen eine Marketing-Managerin mit Vertriebserfahrung.

Ich denke an eine Position mit langfristiger beruflicher Verantwortung, in der ich meine bisher erworbenen Kenntnisse voll nutzen und weitere Erfahrungen sammeln kann.

Hektische Zeiten schrecken mich nicht zurück, vielmehr bieten sie die Möglichkeit, Selbstständigkeit, Zeitmanagement und Flexibilität weiter auszubauen.

Die theoretische Basis ist eine Ausbildung zur Kommunikationswirtin, die ich durch meine langjährige Berufserfahrung in Marketing und Vertrieb ausbauen und vertiefen konnte. Weitere Details zu meinem Werdegang und meiner Person können Sie den beigefügten Unterlagen entnehmen. 5

Ich würde Sie gerne in einem persönlichen Gespräch davon überzeugen, dass ich mit Energie und Tatendrang zu einem Start in einem neuen Unternehmen bereit bin. 6

Mit freundlichen Grüßen

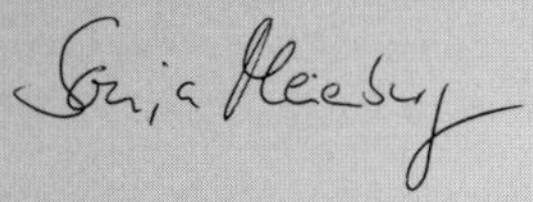

Anlagen

Kommentare

1

Formal

+

Auf den ersten Blick präsentiert sich der Brief vorbildlich: Die Adresse ist vollständig mit Telefonnummer, die Empfängeradresse komplett und korrekt mit Ansprechpartnerin, das Datum ist angegeben und auch die handschriftliche Unterschrift wurde nicht vergessen. Der Text ist insgesamt übersichtlich gegliedert.

2

Betreffzeile

+

Bereits in der Betreffzeile weist die Bewerberin auf die Anzeige hin, auf die sie sich bewirbt. Gleichzeitig nennt sie die Zeitung, in der die Anzeige veröffentlicht wurde, sowie das Erscheinungsdatum des Inserats, um eventuelle Verwechslungen zu vermeiden

3

Anrede

+

Die Personalleiterin wird sich freuen: Die Anrede ist korrekt geschrieben und stimmt mit dem Namen in der Empfängeradresse überein.

4

Einleitung

-

Die Einleitung soll den Leser neugierig machen – auf den folgenden Text und auf den Bewerber. „Ich wollte schon immer in Ihrem Unternehmen arbeiten" ist zwar sehr schmeichelhaft für das Unternehmen, macht aber weder neugierig, noch reicht dieser Beweggrund aus, wenn es der einzige für die Bewerbung ist. Auch der Satz im Anschluss ist überflüssig. Schließlich weiß die Personalleiterin, wen oder was das Unternehmen sucht.

5

Angebot

-

Die Bewerberin stellt sich zwar vor, versäumt aber ihre Qualifikationen auf das gewünschte Anforderungsprofil des Unternehmens hin zu präsentieren. Stattdessen verweist sie auf weitere Unterlagen: Der Leser wird gebeten, sich die nötigen Informationen selbst zusammenzusuchen. Für manchen Personalreferenten ein Grund, der Bewerberin abzusagen.

6

Verabschiedung

+/-

Sehr gut in der Formulierung – allerdings vergisst Frau Meienburg, wie in der Anzeige gefordert, ihre Gehaltsvorstellungen sowie den nächstmöglichen Eintrittstermin anzugeben.

Fazit

+/-

Formal gut, inhaltlich mangelhaft! Das Anschreiben ist inhaltlich unstrukturiert und nicht durchdacht. Die Abschnitte sollten aufeinander aufbauen. Auch stellt die Bewerberin ihr Wohlergehen in den Vordergrund und vergisst völlig, auf die Bedürfnisse des Unternehmens einzugehen.

Korrigiertes Musterbeispiel

Sonja Meienburg
Sommergasse 31
63303 Dreieich
Tel.: 0 61 03/7 45 23

WWW-Service GmbH
Human Resources
Frau Heather Sander
Neugablonzerstr. 1

D-93073 Neutraubling

05. Oktober 1999

Ihre Stellenanzeige in der *Süddeutschen Zeitung* vom 02. Oktober 1999
– Marketing-Managerin mit Vetriebserfahrung –

Sehr geehrte Frau Sander,

mit diesem Schreiben möchte ich an unser freundliches Telefonat von heute Morgen anknüpfen und Ihnen meine schriftlichen Unterlagen für die Position als „erfahrene Marketing-Managerin" einreichen.

Die Ausbildung zur Kommunikationswirtin bildet die theoretische Basis meines Werdeganges, die ich durch meine langjährige Berufserfahrung im Marketing und Vertrieb ausbauen und vertiefen konnte. Zu meinen Aufgaben gehörten u. a. die selbstständige Entwicklung und Umsetzung von Marketing-Konzepten im Vertriebsumfeld, sowohl national als auch international. Strategisches und analytisches Denken waren hierbei wichtige Faktoren für den erfolgreichen Abschluss der Projekte.

Aufgrund meiner langjährigen Tätigkeit in unterschiedlichen Projektteams bin ich kommunikationsstark und habe große Freude daran, in Zusammenarbeit mit Kunden und Mitarbeitern zu kommunizieren. Des Weiteren besitze ich umfangreiche IT-Kenntnisse und spreche verhandlungssicheres Englisch.

Ich denke an eine Position mit langfristiger beruflicher Verantwortung, in der ich meine bisher erworbenen Kenntnisse voll nutzen und weitere Erfahrungen sammeln kann. Hektische Zeiten schrecken mich nicht zurück, vielmehr bieten sie mir die Möglichkeit, Selbstständigkeit, Zeitmanagement und Flexibilität weiter auszubauen.

Meine Gehaltsvorstellungen liegen bei 85 000 Mark pro Jahr. Frühestmöglicher Eintrittstermin ist der 01. Dezember 1999.

Über ein persönliches Gespräch mit Ihnen würde ich mich sehr freuen.

Mit freundlichen Grüßen

Sonja Meienburg

Anlagen

Praktikum (Referenz-Nr. 10004434) — Eingang: 05.10.1999

Praktikant/in im Handeslmarketing

Unternehmen	Ericsson GmbH
Abteilung	Marketing-Abteilung
Einsatzort	Düsseldorf
Beschreibung des Unternehmens	
Branche des Unternehmens	• Telekommunikations- und Online-Dienstl./Software

Berufsfeld(er) des Praktikums	• IT/Telekommunikation - IT-Marketing/PR
Gesuchte Fachrichtung(en)	• Betriebswirtschaftslehre
Aufgaben	- Unterstützung des Handelsmarketing bei POS-Materialien, bei POS-Aktionen, Messen, Events, Channel-Marketing-Projekten etc.
Anforderungen	FH-/Uni-BWL Student/in, idealerweise vorherige kfm. Berufsausbildung Word, Excel, Powerpoint, Internet
Sonstige Informationen	
Erforderliche Sprachkenntnisse für das Praktikum (Muttersprache/fließend)	• Deutsch • Englisch
Vergütung	400-600 Euro / Monat
Frühester Beginn / Dauer	01.11.1999 / 6 Monate
Anzahl der Plätze	1

Kontakt	Ericsson GmbH Abteilung: EDD/H Fritz-Vomfelde-Str. 26 40547 Düsseldorf Frau Petra Grollich Telefon: 0211 534-1013 Fax: 0211-534 1444
Bitte bewerben Sie sich per	Post E-Mail Online Bewerbungsformular

Bitte beziehen Sie sich bei Ihrer Bewerbung auf **Jobs & Adverts**

[Jobs & Adverts Homepage | Diese Seite weiterempfehlen]

Online-Stellenanzeige der Ericsson GmbH

Worauf kommt es dem Unternehmen an?

Da das Unternehmen für diese Anzeige ein Online-Formular ausfüllen musste, werden lediglich die Anforderungen an den Praktikanten aufgeführt - und dies in aller Kürze. Bewerber sind dementsprechend aufgefordert, sich selbstständig über das Unternehmen zu informieren. Über ein Link - dem unterstrichenen Namen des Unternehmens - gelangen sie direkt auf die Webseiten der Firma. Wichtig: Interessenten sollten sich auch online bewerben (siehe Link zum Online-Bewerbungsformular).

Der Bewerber

Der gebürtige Chinese Chi Wang studiert seit nunmehr vier Jahren an der Universität in Hamburg, die anfänglichen Sprachschwierigkeiten sind längst überwunden. Während seiner Studienzeit absolvierte Herr Wang verschiedene Praktika im In- und Ausland. Multimedia und die Umsetzung von Marketing-Strategien sind seit seiner Tätigkeit in einem großen Automobilkonzern nicht mehr leere Hüllen und blanke Theorie.

Kommentiertes Musterbeispiel

Bewerbungsanschreiben eines Studenten für ein Praktikum

Chi Wang
Semperstraße 23
22303 Hamburg
E-mail: Wang@hotmail.com

Hamburg, 17. 10. 1999 1

2

Ericsson
Frau Petra Grollich
Fritz-Vomfelde-Str. 26
40547 Düsseldorf

Sehr geehrte Frau Grollich, 4

ich bin Student der Universität Hamburg im letzten Jahr und studiere Deutsch und Betriebswirtschaftslehre und ich bin sehr interessiert an der Möglichkeit eines Praktikums in Ihrem Hause nach dem Abschluss meines Studiums im August 2000. Wie Sie meinem beigefügten Lebenslauf entnehmen können, habe ich im letzten Sommer bei einer großen Automobilfirma in München ein viermonatiges Praktikum absolviert, wo ich im Team Neue Medien in der Internationalen Marketing Kommunikation tätig war. Das Team Neue Medien entwickelt die Kunden-CD-ROMs und andere multimediale Materialien. Bei meiner Tätigkeit in diesem sehr innovationsfreudigen Team habe ich mir praktische Kenntnisse darüber aneignen können, wie Multimedia-Technologien für Marketing-Aktivitäten eingesetzt werden. Ich habe auch gelernt, unabhängig und selbstständig mit anderen Abteilungen zusammenzuarbeiten. Ich bin davon überzeugt, dass ich die praktischen Erfahrungen, die ich im Rahmen dieser Tätigkeit gewonnen habe, zum Nutzen Ihres Konzerns einsetzen kann. 3 5

Ich möchte meine bisherigen Erfahrungen in dem Marketing-Tätigkeitsbereich weiter vertiefen und auch so meine Deutschkenntnisse noch verbessern. Nähere persönliche Details entnehmen Sie bitte den beigefügten Bewerbungsunterlagen sowie meinem Praktikums-Zeugnis. 6

Für Rückfragen stehe ich Ihnen gerne zur Verfügung. Über eine rasche Antwort meiner Anfrage würde ich mich sehr freuen.

Mit freundlichen Grüßen

Anlage

Kommentare

1

Formal –

Eine Bleiwüste, die den Leser förmlich erschlägt! Dabei ist das Layout für den ersten Eindruck äußerst wichtig: Die Wahrscheinlichkeit, dass eine Bewerbung in solch ausgefallener Schrift und ohne ausreichende Seitenränder nicht beachtet wird, ist sehr hoch. Eine leicht lesbare Schriftart (z. B. Arial), eine augenfreundliche Schriftgröße (mindestens 11 Punkt) sowie eine präzise Sprache erleichtern dagegen das Lesen. Durch die Absatzgestaltung lässt sich das Anschreiben nicht nur optisch, sondern auch inhaltlich übersichtlich gestalten.

2

Absender +

Der Bewerber gibt seine E-Mail-Adresse an. Allein durch diese Nennung weiß der Leser, dass Herr Wang zumindest über Grundkenntnisse im Bereich der Neuen Medien verfügt.

3

Adresse –

Nicht nur der Firmenname ist unvollständig, auch hat der Bewerber vergessen, die Abteilung zu erwähnen. Allerdings hilft die Nennung der Ansprechpartnerin, den Empfänger dennoch zu erreichen.

4

Betreff –

Die Betreffzeile fehlt vollständig, damit auch der Anlass des Schreibens. Der Empfänger weiß nicht, was auf ihn zukommt – nämlich ein Bewerber, der aufgrund einer konkreten Internetanzeige einen Praktikumsplatz sucht.

5

Grund der Bewerbung –

Die Schilderung des bisherigen Werdegangs korrespondiert nicht mit den Anforderungen der Stellenbeschreibung. Herr Wang sollte sich in jedem Fall einige Schlüsselqualifikationen aus der Anzeige notieren und diese in seiner Bewerbung hervorheben. Erläuterungen, warum Herr Wang sich bewirbt und warum er meint, genau der Richtige zu sein, fehlen.

6

Angebot –

Hier gibt es gleich zwei Minuspunkte! Erstens: Gefragt sind nicht die Wünsche und Vorstellungen des Bewerbers, sondern primär der Nutzen für das Unternehmen. Zweitens: Das Anschreiben sollte so informativ sein, dass sich der Personalchef die Fakten nicht selbst zusammensuchen muss.

Fazit –

Die Bewerbung klingt interessant und macht neugierig, den Bewerber kennen zu lernen. Allerdings erweckt das Anschreiben nicht den Eindruck, als wäre es exklusiv für diese Stelle entwickelt worden. Es sollte ein eindeutiger Zusammenhang zwischen den geforderten Qualifikationen und den Fähigkeiten des Bewerbers hergestellt werden. Auch sollte man vermeiden, zu viel von einer Tätigkeit bzw. einem Unternehmen zu schreiben, da sonst der Eindruck entsteht, dass nur einseitig Erfahrungen gesammelt wurden. Herr Wang sollte darauf verzichten, den Leser auf eventuelle Sprachmängel hinzuweisen; in einem Gespräch wird man sehen, ob eine reibungslose Kommunikation möglich ist. Bei Zweifeln wird man den Kandidaten ggf. anrufen, um die Verständigung vorab zu testen.

Korrigiertes Musterbeispiel

Chi Wang
Semperstraße 23
22303 Hamburg
E-mail: Wang@hotmail.com

Ericsson GmbH
Abteilung EDD/H
Frau Petra Grollich
Fritz-Vomfelde-Str.26

40547 Düsseldorf

Hamburg, 17. 10. 1999

Bewerbung für eine 6-monatige Praktikantenstelle im Handelsmarketing
Ihre Anzeige bei *Jobs & Adverts* vom 05.10.1999

Sehr geehrte Frau Grollich,

als angehender Diplom-Kaufmann interessiert mich der von Ihnen ausgeschriebene Praktikumsplatz außerordentlich, da er meinen beruflichen Wünschen entspricht.

In meinem viermonatigen Praktikum in einem großen Automobilunternehmen in München war ich in der Abteilung für Neue Medien beschäftigt. Dort lernte ich, wie man Multimedia-Technologien für Marketing-Strategien einsetzt. Sowohl diese Tätigkeit als auch mein Praktikum in einer Bank in Hongkong schulten meine Selbstständigkeit, meinen Teamgeist und gaben mir einen Einblick in die IT-Branche.

Durch meine Aufenthalte in München, Hamburg und Hongkong konnte ich meine deutschen und englischen Sprachkenntnisse ausbauen.

Diese praktischen Erfahrungen und die theoretischen Grundlagen, die ich mir während meines Betriebswirtschaftsstudiums aneignete, werde ich gut in Ihrem Unternehmen einsetzen und ausbauen können. Vor allem wird mir meine Schwerpunktsetzung in den Fächern Marketing und Internationales Mangement von Nutzen sein.

Über eine positive Antwort und ein persönliches Kennenlernen würde ich mich sehr freuen.

Mit freundlichen Grüßen

Anlage

Stellenanzeige des Business Center

> **Kein Studienplatz?**
> Business Center mit internationalen Kontakten sucht ab sofort noch freundlichen
>
> **Azubi zum Informatikkaufmann**
>
> Wir erwarten Abitur und bieten ein abwechslungsreiches Betätigungsfeld in einem netten Team.
>
> Bewerbungen an:
>
> **Business Center, Frau Ulrike Hammer, Erlenstraße 6, 20249 Hamburg**

Worauf kommt es dem Unternehmen an?

Gesucht werden Abiturienten, die sich eigentlich für einen Studienplatz interessieren. Entweder waren sie unschlüssig oder aber sie wurden an der Hochschule nicht angenommen. Was auch immer der Grund war, eine Ausbildung in einem internationalen Umfeld mit einem abwechslungsreichen Betätigungsfeld sollte eine echte Alternative sein. International und abwechslungsreich sind eigentlich Schlagworte, mit denen man Hochschulabsolventen anspricht. Der Business Center sucht zumindest diese Klientel.

Der Bewerber

Nach dem Abitur mit der Abschlussnote 2,7 hat Rainer Simers seinen Zivildienst in einem Altenheim abgeleistet. Im zweiten Studienjahr BWL an der Universität Hamburg entscheidet er sich, lieber eine handfeste Ausbildung als Basis für seine berufliche Laufbahn zu absolvieren.

Kommentiertes Musterbeispiel

Bewerbungsanschreiben für eine Ausbildungsstelle nach abgebrochenem Studium

1

Rainer Simers / Husenweg 17 / 22607 Hamburg
Tel.: 0 40/53 21 54 / Fax: 0 40/89 58 98 / E-Mail: simers@stopmail.de

Firma
Business Center
Frau Ulrike Hammer
20249 Hamburg

Hamburg, 04. 10. 1999

Bewerbung um einen Ausbildungsplatz zum Informatikkaufmann 2

Sehr geehrte Damen und Herren, 3

auf Ihre Anzeige in der FAZ vom 03.10.1999 möchte ich mich um einen Ausbildungsplatz zum Informatikkaufmann bewerben.

Das laufende Studium der Betriebswirtschaftslehre hat mir meinen Wunsch nach einem kaufmännischen Beruf verdeutlicht. Das Studium ist jedoch zu weit von der wirtschaftlichen Realität entfernt und kaum praxisorientiert, sodass ich mich entschlossen habe, eine Ausbildung zu beginnen. 4

Der Beruf des Informatikkaufmanns stellt sich für mich als Ziel dar, weil ich im ständigen Kontakt mit elektronischer Datenverarbeitung stehe und meine Kenntnisse für die Wirtschaft einbringen und erweitern kann. 5

Ich halte eine anspruchsvolle Ausbildung für mein weiteres Berufsleben für zwingend erforderlich. Ihr Unternehmen kann mich in einer zukunftsorientierten Branche ausbilden. 6

Mit freundlichem Gruß 7

Rainer Simers

Anlagen: Lichtbild
Lebenslauf
Kopie des Abiturzeugnisses
Kopie des Zeugnisses der Firma Hanse
Kopie der Studienbescheinigung

Bankverbindung: Hamburger Sparkasse, Kontonr.: 1149/765 876, BLZ: 200 505 50

Kommentare

1

Formal

+/-

Das Anschreiben macht einen übersichtlichen, klar gegliederten Eindruck. Allerdings fällt bei genauerer Betrachtung auf, dass die Straße beim Empfänger fehlt. Ebenso ist die Nennung der Bankverbindung auf den Bewerbungsunterlagen fehl am Platz.

2

Betreff

–

Der Betreff sollte immer folgende Informationen erhalten: Um welche Stellenanzeige handelt es sich, welchem Medium wurde sie entnommen, von wann ist die Anzeige?

3

Anrede

–

In der Adresse wird Frau Hammer korrekt als Ansprechpartnerin genannt, in der Anrede allerdings greift der Bewerber auf die unverbindliche Formel „Sehr geehrte Damen und Herren" zurück. Das Anschreiben erweckt so den Eindruck eines Serienbriefs.

4

Einleitung

–

Die Darstellung des Werdegangs ist nicht ausführlich genug. Der Leser erkennt nicht sofort, dass das Studium abgebrochen werden soll. Besser: Der Bewerber sollte bereits im ersten Satz erläutern, was er an der Universität gemacht hat und warum er sich entschlossen hat, das Studium nicht fortzuführen.

5

Angebot

–

Nach den Unterlagen zu urteilen, verfügt Herr Simers über die geforderten Qualifikationen. Warum also fehlt ein entsprechend detaillierteres Angebot?

6

Grund der Bewerbung

–

Das Anschreiben lässt an Logik zu wünschen übrig. Der Bewerber sollte unbedingt näher darauf eingehen, warum diese Stelle ein folgerichtiger Schritt für ihn ist und welche Fähigkeiten oder Charaktereigenschaften er mitbringt. Ferner ist in der Begründung kein Zusammenhang zwischen seinem Ausbildungswunsch und der zukunftsorientierten Branche des Unternehmens zu erkennen.

7

Verabschiedung

–

Die abschließende Formulierung sollte immer den Wunsch zu einem persönlichen Gespräch enthalten.

Fazit

–

Bemüht, aber nicht bemüht genug: Herr Simers sollte konkret auf die Schlagwörter der Stellenanzeige eingehen, die da sind: „internationale Kontakte", „ab sofort", „freundlich", „abwechslungsreiches Betätigungsfeld", „nettes Team". Trotz seiner Qualifikationen vermag der Bewerber durch den teils unlogischen, teils oberflächlichen Inhalt nicht zu überzeugen. Am Rande: Es ist unnötig, die Anlagen detailliert auf dem Anschreiben anzuführen. Besser wäre hier ein Inhaltsverzeichnis auf einer Extraseite vor dem Anhang.

Korrigiertes Musterbeispiel

Rainer Simers / Husenweg 17 / 22607 Hamburg
Tel.: 040/532154 / Fax: 040/895898 / E-Mail: simers@stopmail.de

Firma
Business Center
Frau Ulrike Hammer
Erlenstraße 6

20249 Hamburg

Hamburg, 04.10.1999

Ihre Anzeige in der FAZ am 03.10.1999:
Auszubildende/r Informatikkauffrau/mann

Sehr geehrte Frau Hammer,

ich habe drei Semester Betriebswirtschaftslehre an der Universität Hamburg studiert und möchte nun eine Ausbildung als Informatikkaufmann in Ihrem Unternehmen beginnen.

Meine theoretischen Kenntnisse aus der Wirtschaft würde ich gerne in Ihr Unternehmen einbringen. Ich erhoffe mir, durch die Ausbildung einen besseren Bezug zur Praxis herstellen zu können als mir dies an der Hochschule möglich ist.

Ich habe gute Kenntnisse in der elektronischen Datenverarbeitung und eine Begabung zur Lösung komplexer Sachverhalte. Des Weiteren reizen mich abwechslungsreiche Aufgaben, die ich sehr gerne im Team löse. Ich könnte die Ausbildung sofort beginnen.

Gerne würde ich mich Ihnen in einem persönlichen Gespräch vorstellen. Über eine Antwort von Ihnen freue ich mich schon jetzt.

Mit freundlichem Gruß

Rainer Simers

Anlagen

Jg. dyn. Konditorgeselle/in
ab sofort gesucht. 5-Tage-Woche.
☎ 040 / 7555217 oder 75551617

Stellenanzeige einer Hamburger Konditorei

Worauf kommt es dem Unternehmen an?

Stellenangebote in regionalen Anzeigern sind meist etwas kürzer gehalten – wie auch das vorliegende Beispiel. Dieses Inserat beschränkt sich wirklich nur auf das absolut Notwendige: Jung und dynamisch soll der neue Geselle sein, ab sofort einsetzbar und offensichtlich für eine Vollzeitstelle. In gewerblichen Berufen ist es durchaus üblich, sich telefonisch zu verständigen. Auf schriftliche Bewerbungen wird oftmals ganz verzichtet. In diesem Fall haben Bewerber gar keine andere Wahl: Ohne den obligatorischen Anruf wissen sie weder, was das Unternehmen genau fordert, noch, was es zu bieten hat.

Die Bewerberin

Michaela Sieg hat nach der Realschule eine Ausbildung zur Konditorin absolviert. Nachdem ihre Tochter in den Kindergarten geht, möchte sie ihren erlernten Beruf wieder aufnehmen. Da die ausgeschriebene Position sie interessiert, hat sie in einem telefonischen Vorabgespräch den Namen ihrer Ansprechpartnerin und die Adresse der Konditorei in Erfahrung gebracht.

Kommentiertes Musterbeispiel

Bewerbungsanschreiben zum Wiedereintritt in den Beruf nach Erziehungsurlaub

Michaela Sieg
Steinbacher Weg 34
22049 Hamburg

Hamburg,20.11.1999

Frau W. Scheckinger
Hansaweg 33
22709 Hamburg

Ihre Anzeige im *Winterhuder Wochenblatt* 18.10.1999
Bewerbung als Konditorin

Sehr geehrte Frau Scheckinger,

hiermit bewerbe ich mich um eine Anstellung als Konditorin in Ihrer Bäckerei.

Ich besuchte die Realschule und habe danach eine Ausbildung zur Konditorin absolviert. Nach einem halben Jahr Berufserfahrung habe ich nach der Geburt meiner Tochter Ezriehungsurlaub genommen. Ich möchte jetzt wieder in das Berufsleben einsteigen.

Ich möchte gerne wieder in meinem erlernten Beruf arbeiten,da mir die vielfältigen Tätigkeiten gut gefallen haben. Ich arbeite gern selbstständig.
In meiner Freizeit bin ich kreativ tätig, indem ich viel male und zeichne. Zu diesem Thema habe ich bereits diverse Kurse besucht, um meine Kentnisse zu erweitern Außerdem treibe ich Sport. Neben der allgemeinen Fitness habe ich durch den Sport gelernt mich durchzusetzen, aber auch, berechtigte Kritik entgegenzunehmen und positiv umzusetzen.

Ich hoffe sehr, dass Sie mich zu einem Vorstellungsgespräch einladen würden.

Meine Unterlagen liegen diesem Schreiben bei.

Mit freundlichen Grüßen

Michaela Sieg

Kommentare

1

Formal –

Auch die Form machts: Hätte die Bewerberin sich nach den allgemeinen Richtlinien für den Schriftsatz gerichtet – z. B. Leerzeichen nach jedem Komma – wären ihr sicherlich Pluspunkte zugesprochen worden. Absätze, in denen inhaltlich zusammengehörige Punkte beschrieben werden, erleichtern das Lesen. Und: bitte keine Rechtschreib- oder Grammatikfehler!

2

Adresse +

Sehr gut! Die Ansprechpartnerin wird sowohl in der Adresse als auch in der Anrede genannt. Eine Einschränkung: In der Empfängeradresse ist es üblich, eine Leerzeile zwischen Straße und Ort einzufügen.

3

Betreff +

Prima: Die Bewerberin bezieht sich im Betreff konkret auf die Anzeige, mit Datums- und Quellenangabe.

4

Einleitung –

Doppelt gemoppelt hält hier nicht besser. Warum stellt die Bewerberin nicht gleich zu Anfang ihre Qualifikationen gesondert heraus? Eine ausführlichere Beschreibung ihrer Tätigkeiten sowie ihrer Berufserfahrung wäre von Vorteil.

5

Grund der Bewerbung –

Auch hier hapert es am Detail, sprich, an den näheren Beweggründen für die Wiederaufnahme ihres Berufs. Der Absatz über die Freizeitgestaltung dagegen ist etwas zu ausschweifend. Stattdessen sollten Eigenschaften wie Kreativität und Teamfähigkeit, die besonders im Konditorhandwerk wichtig sind, betont werden.

6

Verabschiedung +/–

Gut: Die Bewerberin spricht das gewünschte Vorstellungsgespräch an. Nicht so gut: der Hinweis auf ihre Unterlagen. Dieser ließe sich – abgesehen vom allgemein gängigen Anlagenvermerk am Ende eines Anschreibens – auch in der Einleitung in Anknüpfung an das vorab geführte Telefonat unterbringen. Es fehlt die Information zum möglichen Eintrittstermin.

Fazit –

Obwohl das Anschreiben auf den ersten Blick einen positiven Eindruck macht, sind Rechtschreibfehler und formale Mängel ein Grund, die Bewerbung umgehend an den Absender zurückzusenden. Der Teufel steckt auch inhaltlich im Detail: Die Bewerberin sollte ihre Fähigkeiten ausführlicher hervorheben und dabei einen konkreteren Bezug zu den – in diesem Fall recht spärlichen – Anforderungen der Anzeige herstellen. So sollten die ausschweifenden Freizeitaktivitäten besser in einen beruflichen Zusammenhang gebracht werden.

Korrigiertes Musterbeispiel

Michaela Sieg
Steinbacher Weg 34
22049 Hamburg

Hamburg, 20.11.1999

Frau W. Scheckinger
Hansaweg 33

22709 Hamburg

Ihre Anzeige im *Winterhuder Wochenblatt* vom 18.10.1999
Bewerbung als Konditorin

Sehr geehrte Frau Scheckinger,

vielen Dank für das freundliche Telefonat. Anbei finden Sie, wie versprochen, meine Bewerbungsunterlagen.

Nach meinem Realschulabschluss habe ich mit großem Erfolg eine Ausbildung zur Konditorin in der Hamburger Konditorei Meyer absolviert. Im Anschluss daran war ich dort ein halbes Jahr als Gesellin tätig. Nach einem dreijährigen Erziehungsurlaub, den ich zum Januar nächsten Jahres beende, möchte ich wieder in das Berufsleben einsteigen.

Neben den üblichen Aufgaben habe ich bei meinem letzten Arbeitgeber die Sonderanfertigung von Torten und Gebäck auf Kundenwunsch sowie die Pralinenherstellung übernommen. Hierbei konnte ich meine Kreativität einsetzen. Auch den damit verbundenen Umgang mit Kunden und Auftraggebern habe ich sehr geschätzt. An der Tätigkeit als Konditorin gefällt mir außerdem die Vielfältigkeit der Arbeitsabläufe. Ich bin es gewohnt, selbstständig zu arbeiten und kann mich durch meine Flexibilität den wechselnden Anforderungen im Bäckereibetrieb gut anpassen.

Kreativität ist mir auch in meiner Freizeit sehr wichtig, realisieren kann ich dies beim Malen und Zeichnen. Durch Mannschaftssport habe ich einerseits gelernt, mich durchzusetzen, andererseits, berechtigte Kritik entgegenzunehmen und positiv umzusetzen.

Über ein persönliches Gespräch würde ich mich sehr freuen.

Mit freundlichen Grüßen

Michaela Sieg

Anlagen

Stellenanzeige eines Rechtsanwalts

> **Bürokauffrau gesucht**
>
> Ich suche zur Unterstützung meiner Anwaltskanzlei eine tüchtige, gerne auch eine ältere, Unterstützung.
>
> Sie besitzen eine Ausbildung zur Bürokauffrau oder eine vergleichbare Ausbildung?
> Sie sind offen, fleißig und zuverlässig?
>
> Dann senden Sie mir Ihre aussagekräftige Bewerbung!
>
> **Dr. Johns • Rechtsanwalt**
> **Silberlingstraße 12 • 15698 Goißatäle**

Worauf kommt es dem Unternehmen an?

Hier wird eine gute Fee gesucht. Man ist fast versucht zu vermuten, Dr. Johns habe in letzter Zeit nicht so viel Glück mit seinen Angestellten gehabt. Das Angebot, gerne auch ältere Mitarbeiter einzustellen, ist meist ein Hinweis, dass eine längerfristige Zusammenarbeit gewünscht ist. Die Anforderungen selbst sind recht offen formuliert: Eine ehrliche und fleißige Kraft mit einer abgeschlossenen Ausbildung in Richtung Bürokommunikation wird gesucht.

Die Bewerberin

Tatjana van Heyden - gelernte Friseurin - beschließt, sich durch eine eineinhalbjährige Umschulung im kaufmännischen Bereich weiter zu qualifizieren. Unter anderem leistete sie ein sechsmonatiges Praktikum in einem mittelständischen Beratungsunternehmen. Ihren erlernten Beruf musste sie aus gesundheitlichen Gründen aufgeben.

Kommentiertes Musterbeispiel

Bewerbungsanschreiben zum Wiedereintritt ins Berufsleben nach Berufsunfähigkeit und Umschulung

Tatjana van Heyden
Berner Straße 124
85369 Hintertupfing
Tel.: 0 89 10-6 41 75 65

Hintertupfing, 15. Oktober 1999 **1**

2

Wello AG
Lilienalle

A- 1080 Wien

Dr. Johns
Rechtsanwalt
Silberlinstraße 12

15698 Goißatäle

3

Bewerbung

4

Sehr geehrte Damen und Herren,

5

ich suche einen Arbeitsplatz im kaufmännischen Bereich.
Vom 03. 01. 1997 bis 27. 11. 1998 habe ich eine kaufmännische Umschulung beim Arbeitsamt gemacht. Bestandteil dieser Ausbildung war ein sechsmonatiges Betriebspraktikum.
Während der Umschulung habe ich u. a. Kenntnisse in Buchführung, Betriebswirtschaftslehre, Personalwesen, Textverarbeitung und Tabellenkalkulation erworben. Ich würde mich freuen, wenn meine Bewerbung Ihr Interesse fände.

6

7

Mit freundlichen Grüßen

Tatjana van Heyden

8

Kommentare

Formal

1 Das Anschreiben wirkt, als hätte man es durchgeschüttelt. Die Bewerberin hat sicherlich keinen zweiten Blick darauf geworfen, sonst wären ihr die unübersichtliche Gliederung und die fehlenden Anlagen sicherlich aufgefallen.

Adresse

2 Ein Anschreiben sollte immer nur einen Adressaten haben. Das angeschriebene Unternehmen möchte nicht eines von vielen sein, selbst wenn man sich auf mehrere Anzeigen bewirbt. Ein Wunder, wenn dieses Schreiben sein Ziel überhaupt erreicht!

Betreff

3 „Bewerbung" ist wenigstens etwas, leider wenig aussagekräftig. Angesichts der doppelten Adresse ist das Durcheinander nun vollends perfekt.

Anrede

4 Warum so allgemein gehalten? Schließlich sucht Rechtsanwalt Dr. Johns eine Unterstützung. Dann sollte er auch namentlich angesprochen werden.

Grund der Bewerbung

5 Warum möchte Frau van Heyden einer kaufmännischen Tätigkeit nachgehen? Schlagworte aus der Anzeige, auf die sich die Bewerberin beziehen könnte, gäbe es genug. Am Aufgreifen dieser Begriffe würde das Unternehmen erkennen, dass sich die Bewerberin konkret mit dem Anforderungsprofil auseinander gesetzt hat.

Einleitung

6 AIDA lautet auch hier die Zauberformel, schließlich möchte der Leser neugierig gemacht werden. Dazu aber weiß er zu wenig: Der berufliche Hintergrund der Bewerberin bleibt weitgehend im Dunkeln.

Angebot

7 Die Bewerberin führt ihre Kenntnisse aus der Umschulung an. Sehr schön! Verbessern ließe sich dies, indem sie einen Zusammenhang zwischen ihren Qualifikationen und dem Nutzen für das Unternehmen herstellen würde.

Verabschiedung

8 Gelungen, allerdings sollte die Verabschiedung mit einem Absatz deutlicher gekennzeichnet werden. Verbessern ließe sie sich mit dem Hinweis auf ein persönliches Gespräch.

Fazit

Inhaltliche Mängel und unordentliche Ausführung. Zudem sollten immer nur ähnliche, nie gleiche Bewerbungen an verschiedene Unternehmen geschickt werden. Nur so können Sie auf die unterschiedlichen Anforderungen präzise eingehen. Auch wenn ein individuelles Anschreiben mehr Zeit beansprucht – das Ergebnis lohnt sich.

Korrigiertes Musterbeispiel

Tatjana van Heyden
Berner Straße 124
85369 Hintertupfing
Tel.: 0 89 10-6 41 75 65

Dr. Johns
Rechtsanwalt
Silberlingstraße 12

15698 Goißatäle

Hintertupfing, 15. 10. 1999

Bewerbung als Bürokauffrau
Ihre Anzeige im *Bayernkurier* vom 12. 10. 1999

Sehr geehrter Herr Dr. Johns,

als freundliche und engagierte Bürokauffrau bewerbe ich mich in Ihrem Unternehmen.

Nach meiner mittleren Reife habe ich eine Lehre als Friseurin gemacht. Leider merkte ich nach dem erfolgreichen Abschluss der Ausbildung, dass ich allergisch auf die verwendeten Chemikalien reagiere.

Daher habe ich beschlossen, eine Umschulung zur Bürokauffrau zu machen. Während dieser Zeit habe ich u. a. Kenntnisse in Buchführung, Betriebswirtschaftslehre, Personalwesen, Textverarbeitung und Tabellenkalkulation erworben. Bestandteil dieser Ausbildung war ein sechsmonatiges Betriebspraktikum in einer Personalberatung.

Meine fachspezifischen Kenntnisse, die ich während meiner beiden Ausbildungen erworben habe, könnte ich sicher gut in Ihrem Hause anwenden.

Meine persönlichen Stärken sind – neben meiner hohen Eigenverantwortung – Zuverlässigkeit, Teamfähigkeit sowie mein problem- und zielorientiertes Arbeiten.

Ich würde mich freuen, wenn meine Bewerbung Ihr Interesse fände und Sie mich zu einem persönlichen Gespräch einladen würden.

Mit freundlichen Grüßen

Tatjana van Heyden

Anlagen

Stellenanzeige von Daifuku

DAIFUKU **Vertriebsaufgabe Automatisierung**

Wir sind der Welt größter Anbieter für automatisierte Materialfluss- und Logistiksysteme. Die Unternehmenszentrale und Produktionsstätten befinden sich in Japan, das europäische Geschäft wird von England aus gesteuert. Über ein weltweit arbeitendes Netzwerk bieten wir unseren Abnehmern anspruchsvolle Lösungen für optimale Lager- und Transportsysteme im **Automobil- und allgemeinen Industriebereich** an, die wir „just in time“ schlüsselfertig übergeben und installieren.

Für unsere Niederlassung in Mönchengladbach suchen wir den erfahrenen

PROJEKTMANAGER

der – aufbauend auf vorhandene Referenzprojekte – unsere Verkaufserfolge bei Industrie- und Handelspartnern im Inland und benachbarten Ausland systematisch weiterentwickeln. Als Gesprächspartner und Berater von Geschäftsführungen und Vorständen sollen maßgeschneiderte Konzepte erarbeitet und der kontinuierliche Gedankenaustausch gepflegt werden.

Dazu suchen wir das Gespräch mit flexiblen und hoch engagierten Vertriebsprofis, die es gewohnt sind, auf allen Unternehmensebenen projektorientierte Kommunikation erfolgreich zu betreiben. Fundiertes technisches Know-how sollte einhergehen mit einem Gespür für kaufmännisch Machbares. Diplomatisches Geschick im Umgang mit anspruchsvollen Gesprächspartnern im global operierenden Konzern und mit bedeutenden Abnehmern sowie sehr gute Englischkenntnisse und internationale Mobilität runden das gewünschte Profil ab.

Wenn Sie Interesse daran haben, gemeinsam mit einem kleinen und motivierten Team in einem global erfolgreichen Umfeld Ihre berufliche Entwicklung fortzusetzen, senden Sie bitte Ihre vollständigen Bewerbungsunterlagen mit Lebenslauf, Lichtbild, Zeugniskopien sowie Angaben zu Ihrer Einkommensvorstellung unter der **Kennziffer B 301** an die von uns beauftragte Unternehmensberatung in **40479 Düsseldorf, Kaiserstraße 46.** Für Ihre Fragen stehen Ihnen unsere Berater **Frau Kornelia Lepke** und **Herr Dipl.-Kfm. Peter D. Hennes** unter der **Tel.-Nr. 0211/49778-12** zur Verfügung. **Abends und am Wochenende** erreichen Sie Frau Lepke unter der **Tel.-Nr. 0212/87355** und Herrn Hennes unter der **Tel.-Nr. 02451/983810.** Absolute Diskretion ist für uns selbstverständlich.

Konsul GmbH
Management- und
Personalberatung BDU

Worauf kommt es dem Unternehmen an?

Hier wird ein Pionier gesucht, ein talentierter Vertriebsprofi, der die Niederlassung in Mönchengladbach aktiv weiter voranbringt. Der Hinweis auf ein kleines motiviertes Team bestätigt dies. Die „Macher“ sind also angesprochen, weniger jene, die lange Einarbeitungszeiten oder die Sicherheit des Großkonzerns suchen. Interessant ist, dass dies nicht auf den ersten Blick erkennbar ist, sondern erst nach intensivem Studium der Anzeige. Auch hier wiederum der Tipp: Lesen Sie Stellenanzeigen Wort für Wort. Nur weil in der ersten Zeile „Wir sind der Welt größter Anbieter“ steht, heißt das nicht, dass Sie in den Schoß eines Großunternehmens fallen.

Der Bewerber

Christian Meißner hat sich nach dem Abitur für eine Laufbahn bei der Bundeswehr entschieden und für zwölf Jahre verpflichtet. Ein Studium hat er nicht vorzuweisen, stattdessen aber eine lange Berufserfahrung. Herr Meißner hat Personal- und Budgetverantwortung getragen. Während seiner Offizierslaufbahn verschlug es ihn u.a. für eine längere Zeit nach Großbritannien. Nun ist für ihn die Zeit gekommen, der Bundeswehr den Rücken zu kehren und in das freie Wirtschaftsleben einzutauchen.

Kommentiertes Musterbeispiel

Bewerbungsanschreiben eines Berufssoldaten ohne Studium

Christian Meißner
Lessingstr. 56, 93049 Regensburg
(0941) 836 07, Meissner.regensburg@t-online.de 1

Christian Meißner, Lessingstr. 56, 93049 Regensburg
DAIFUKU c/o Konsul GmbH, Management- und Personalberatung BDU,
Frau Kornelia Lepke, Kaiserstr. 46

40479 Düsseldorf

Regensburg, 07. Oktober 1999

Bewerbungsunterlagen für die Stellenanzeige aus der *FAZ* vom 02. 10. 1999
Bewerbung als Projektmanager 2

Sehr geehrte Damen und Herren, 3

als belastbare und initiative Persönlichkeit stelle ich mich Ihnen für eine herausgehobene Aufgabe in Ihrem Unternehmensteam vor. 5

Ich denke, meine kaufmännische Ausbildung, meine technische Begabung und auch meine fremdsprachlichen Kompetenzen sollten den in der Anzeige beschriebenen Anforderungen gerecht werden.
Bei meinen bisherigen beruflichen Stationen und praktischen Tätigkeiten stand für mich das kommunikative Element stets im Mittelpunkt. Als Offizier förderte ich zwei Jahre durch gezieltes Coachen und Motivieren die Entwicklungspotenziale von Fach- und Führungskräften und koordinierte deren Aus- und Weiterbildung. Anhand des ganzheitlich-dialogischen Prinzips erwarb ich erste Beratungskompetenz. Mein budgetorientiertes Handeln stellte ich besonders bei der Aufstellung und Planung des Lehrgangsbetriebes eines Bataillons unter Beweis. Durch freiwillige Wehrübungen erweitere ich meine Kompetenzen im Bereich der Operativen Planung. Die intensive Zusammenarbeit in Teams auf jeder Führungsebene ist weitere Grundlage meiner zielorientierten Aufgabenerfüllung. Dabei sind hohe Einsatzbereitschaft, Mobilität und selbstständiges, strukturiertes Ausarbeiten von Konzepten selbstverständlich. 4

Meine Managementqualitäten möchte ich in einer neuen fordernden Position einsetzen und mein ausgeprägtes Potenzial weiterentwickeln. Daher kann ich mir einen Einstieg als Projektmanager sehr gut vorstellen. 7

Ich freue mich auf die Gelegenheit, in persönlichen Gesprächen einen umfassenderen Eindruck von mir zu vermitteln. 6

Mit freundlichen Grüßen

Anlagen

Absender

1 Warum doppelt, wenn es auch einfach geht? Zudem wirkt die Adresse – sowohl vom Absender als auch vom Empfänger – übersichtlicher, wenn die einzelnen Bestandteile geblockt untereinander geschrieben werden.

Betreff

2 Hervorragend! Nur die Angabe der Kennziffer fehlt.

Anrede

3 Gleich zwei Ansprechpartner stehen für Fragen zur Verfügung. Herr Meißner hätte diese Chance nutzen sollen, um in einem ersten Gespräch den für ihn zuständigen Personalleiter herauszufinden. Bei dieser Gelegenheit hätte er gleichzeitig weitere geforderte Qualifikationen abklären können. Nach einem persönlichen Gespräch lässt sich ein ansprechendes Anschreiben oft leichter verfassen.

Einleitung

4 Ein selbstbewusster Auftritt. Allerdings könnte der Bewerber seine Einleitung dadurch verbessern, dass er einen deutlicheren Bezug zur ausgeschriebenen Position herstellt.

Angebot

5 Der Bewerber weiß, was er kann und verdeutlicht dies sprachlich eloquent. Dennoch entspricht der Werdegang des Berufssoldaten nicht ganz den Anforderungen der Stellenbeschreibung. Christian Meißner sollte geeignete Stichworte aus der Anzeige aufgreifen, um den Zusatznutzen für die Firma zu erläutern.

Grund der Bewerbung

6 Der Bewerber möchte sein ausgeprägtes Potenzial weiterentwickeln. Leider geht dies nicht – es ist ja schon ausgepägt. Besser wäre, wenn er noch ausbaufähige Kenntnisse weiterentwickeln würde und diese in Bezug auf die Wichtigkeit für das Unternehmen darstellt.

Verabschiedung

7 Ausgezeichnet: Der Bewerber stellt ein persönliches Gespräch in Aussicht und signalisiert seine Bereitschaft, mehr über sich zu erzählen.

Fazit

Abgesehen von der etwas unübersichtlichen Gliederung macht das Anschreiben einen überaus positiven Eindruck: Der Bewerber ist sich seiner Fähigkeiten gewiss, kann gut formulieren und geht auf einige Anforderungen des Unternehmens ein. Dennoch sollte er auf relativierende Aussagen wie „Ich denke" oder „Ich würde gerne" verzichten und andere Qualifikationen als Eignung für die Stelle positiv bekräftigen. Und: Kennziffer und Einkommensvorstellungen fehlen.

Korrigiertes Musterbeispiel

Christian Meißner
Lessingstr. 56
93049 Regensburg
Tel.: 0941 / 836 07
E-Mail: Meissner.regensburg@t-online.de

DAIFUKU
c/o Konsul GmbH
Management- und Personalberatung BDU
Frau Kornelia Lepke
Kaiserstr.46

40479 Düsseldorf

Regensburg, 07. Oktober 1999

Ihre Stellenanzeige in der *FAZ* vom 02. 10. 1999
Kennziffer B 301 – Bewerbung als Projektmanager

Sehr geehrte Frau Lepke,

als belastbare und engagierte Person möchte ich mich Ihnen für eine interessante Aufgabe in Ihrem Unternehmensteam vorstellen. Nach Ablauf meiner 12-jährigen Verpflichtungszeit bei der Bundeswehr suche ich nun eine neue Herausforderung als Projektmanager.

Meine kaufmännische Ausbildung, meine technische Begabung und auch meine fremdsprachlichen Kompetenzen sollten denen in der Anzeige beschriebenen Anforderungen gerecht werden. Flexibilität und internationale Mobilität sind für mich teils selbstverständlich, teils eine neue Herausforderung.

Bei meinen bisherigen beruflichen Stationen und praktischen Tätigkeiten stand für mich das kommunikative Element stets im Mittelpunkt, denn Wortgewandtheit und Diplomatie sind für das projektbezogene Gespräch unabdingbar. Mein budgetorientiertes, kaufmännisch erfahrenes Handeln stellte ich besonders bei meiner Arbeit in einem Transportunternehmen der Bundeswehr unter Beweis. Durch freiwillige Wehrübungen erweiterte ich meine Kompetenzen im Bereich der Operativen Planung. Die intensive Zusammenarbeit in Teams auf jeder Führungsebene bildete die Grundlage meiner zielorientierten Aufgabenerfüllung. Dabei waren hohe Einsatzbereitschaft, Mobilität und selbstständiges, strukturiertes Ausarbeiten von Konzepten selbstverständlich.

Diese Managementqualitäten möchte ich in einer neuen fordernden Position erfolgreich bei DAIFUKU einsetzen, in der ich auch meine bisher erworbenen Kenntnisse weiterentwickeln möchte.. Daher kann ich mir einen Einstieg als Projektmanager sehr gut vorstellen. Meine Einkommensvorstellungen liegen bei 70000 Mark pro Jahr.

Ich freue mich auf die Gelegenheit, in einem persönlichen Gespräch einen umfassenderen Eindruck von mir zu vermitteln.

Mit freundlichen Grüßen

Anlagen

Worauf kommt es dem Unternehmen an?

Trans-o-flex steht für hohe Transportsicherheit, produktgerechtes Handling, pünktliche Zustellung sowie kompetente und freundliche Mitarbeiter, so die Aussage auf den Internetseiten. Um diese hohen Anforderungen zu erfüllen, werden entsprechend ehrgeizige und engagierte Mitarbeiter gesucht. Einsatzbereitschaft, Motivation und Flexibilität dominieren eindeutig bei der Aufzählung der Soft skills. Die Anzeige ist auch ohne Schnörkel, klar und eindeutig formuliert. Achten Sie jedoch darauf, wenn Sie den Titel der Position lesen, dass die Betonung auf Controlling liegt, nicht auf Vertrieb. Ein kaum wahrnehmbarer, aber ungemein wichtiger Unterschied!

Der Bewerber

Jochen Sommer hatte sich nach der Schule entschieden, das Studium von der Bundeswehr finanzieren zu lassen. Die Vorteile lagen für ihn auf der Hand: bessere Studienbedingungen, individuelle Betreuung und letztendlich die Sicherheit einer großen Organisation. Zum Ende des Jahres läuft der Zeitraum der Verpflichtung aus. Herr Sommer will seine Kenntnisse aus dem Controlling im Vertriebscontrolling einsetzen und bewirbt sich bei trans-o-flex.

trans-o-flex Schnell-Lieferdienst GmbH ist ein europaweit tätiges Dienstleistungsunternehmen für Distributionslogistik im Business-to-business Bereich. Als marktführendes Unternehmen mit über 4.000 Mitarbeiterinnen und Mitarbeitern, haben wir uns auf sensible, hochwertige und terminkritische Sendungen spezialisiert. Vor allem die Branchen Pharma, Kosmetik und Büro und Informationstechnik nutzen die umfassende Angebotspalette von trans-o-flex. Tag für Tag. Europaweit.

Für unsere Zentrale in Weinheim suchen wir ab sofort eine/n

Mitarbeiter/in Vertriebscontrolling

Aufgaben:

- Soll-Ist-Vergleich – Abweichungsanalysen
- Budgetgestaltung – Forecarstererstellung
- Kundenkalkulation – Vertriebsberichtswesen
- Pflege und Weiterentwicklung von Management-Informationssystemen
- Erstellung betriebswirtschaftlicher Sonderauswertungen

Ihr Profil:

- BWL-Studium mit den Schwerpunkten Rechnungswesen/Controlling/EDV
- Mehrjährige Erfahrung im Bereich Controlling
- Fundierte Kenntnisse und Anwendererfahrungen in MS Office (Excel, Access)
- Teamfähigkeit, Flexibilität, Einsatzbereitschaft und Motivation

Ihre ausführlichen Bewerbungsunterlagen richten Sie bitte an:

trans-o-flex Schnell-Lieferdienst GmbH
Frau Helga Schellenberger
Hertzstraße 10, 69469 Weinheim
Telefon 06201/988-0
www.trans-o-flex.de

trans-o-flex Schnell-Lieferdienst

Stellenanzeige der trans-o-flex

Kommentiertes Musterbeispiel

Bewerbungsanschreiben eines Berufssoldaten mit Studium

JOCHEN SOMMER
Kastanienallee 12
11733 Berlin
Tel.: 0 30/ 7 08 65 23
E-Mail: J.Sommer@vossnet.de

trans-o-flex
Schnell-Lieferdienst
Frau Schellenberger
Hertzstr. 10

69469 Weinheim

Bewerbung auf Ihre Stellenanzeige

Berlin, den 7. Oktober 1999

Sehr geehrte Damen und Herren,

ich bedanke mich für Ihr Interesse an meiner Person.

Am 31. Dezember 1999 scheide ich nach 9 1/2 Jahren aus dem Arbeitsverhältnis bei der Bundeswehr aus.

Aufgrund meines vielseitigen betriebswirtschaftlichen Studiums (Controlling, Rechnungswesen, Bilanzierung), meiner beruflichen Laufbahn als Offizier und meines zielorientierten Aufbaustudiums an der Controller Akademie, denke ich, dass ich meine soziale und psychologische Kompetenz sowie mein Überzeugungs- und Durchsetzungsvermögen in einem Dienstleistungsunternehmen in dem Geschäftsfeld Vertriebscontrolling innovativ und kreativ einbringen kann.

Da mich die Teamarbeit und der Projekteinsatz besonders interessieren, habe ich bereits frühzeitig durch meine eigeninitiativ gesteuerten Praktika während meines Studiums in diversen Unternehmen prägende Erfahrungen und Erkenntnisse sammeln können. Ferner kann ich mich in wechselnde Arbeitsteams problemlos einfügen und bin jederzeit mit Mitarbeitern aller Hierarchie-Ebenen sehr gut zurechtgekommen.

Sehr geehrte Damen und Herren, über einen persönlichen Gesprächstermin in Ihrem Hause würde ich mich sehr freuen. So hätte ich die Möglichkeit, Ihnen von meinen beruflichen Kenntnissen, Fähigkeiten und Zielvorstellungen detaillierter zu berichten.

Sollten Sie noch Rückfragen haben, stehe ich Ihnen gerne zur Verfügung.

Mit freundlichen Grüßen

Anlage

Kommentare

1

Formal +

Das Schreiben wirkt klar strukturiert und optisch korrekt. Eine Kleinigkeit sollte jedoch noch beachtet werden: Laut DIN-Norm gehört das Datum über die Betreffzeile. Ferner sollten einzelne kurze Sätze nicht allein auf weiter Flur stehen, sondern im Kontext eingebunden werden.

2

Empfänger +

Alles korrekt: Der Empfänger sollte immer doppelt überprüft werden, sodass auch wirklich alles richtig geschrieben ist und sich keine Tippfehler verstecken. Dennoch: Wenn man den Ansprechpartner kennt, sollte man diesen auch in der Anrede übernehmen.

3

Betreff -

Ein gängiger Fehler: Die Betreffzeile verweist nicht auf die Quelle und das Erscheinungsdatum der Anzeige sowie auf die genaue Stellenbezeichnung.

4

Einleitung +

Der Bewerber möchte gerne als Einleitung seine Zeit als Berufssoldat erwähnen. Er sollte dabei aber einen Bezug zur neuen Stelle herstellen.

5

Angebot +/-

Jochen Sommer hat sich die Stellenanzeige genau durchgelesen und bezieht sich auf die jeweiligen Schlagwörter. Nur, wo bleibt der Punkt? Der gesamte Abschnitt besteht aus einem – eindeutig zu langen – Satz. Der Bewerber sollte ferner erläutern, wo er seine Berufserfahrung gesammelt hat und welchen Tätigkeiten er dabei nachgegangen ist.

6

Grund der Bewerbung -

In punkto „fachliche Kompetenz" geht der Bewerber leider nicht in die Tiefe. Er beschränkt sich auf die „soziale und psychische Kompetenz". Die weitere Argumentation ist nicht ganz logisch aufgebaut. Jochen Sommer sollte einen eindeutigen Zusammenhang zwischen seinem Werdegang und der geforderten Qualifikation herstellen.

7

Verabschiedung +

Die Anrede des Lesers als Verabschiedung ist eine schöne Art, erneut dessen Aufmerksamkeit zu gewinnen. Noch wirkungsvoller wäre es, wenn der Bewerber seinen Ansprechpartner beim Namen nennen würde.

Fazit +

Ein formal wie inhaltlich recht ansprechendes Anschreiben. Unterzieht man es jedoch einer kritischen Analyse, gäbe es einige Verbesserungsvorschläge. Der Bewerber hat es nicht nötig, sein Licht unter den Scheffel zu stellen. Er sollte sich nicht für die große Güte, dass man sein Anschreiben liest, bedanken und auf relativierende Formulierungen verzichten. Ein bisschen mehr Selbstbewusstsein stünde ihm sicherlich gut zu Gesicht.

Korrigiertes Musterbeispiel

Jochen Sommer
Kastanienallee 12
11733 Berlin
Tel.: 0 30/7 08 65 23
E-Mail: J.Sommer@vossnet.de

trans-o-flex
Schnell-Lieferdienst
Frau Schellenberger
Hertzstr. 10

69469 Weinheim

Berlin, 7. Oktober 1999

Ihre Stellenanzeige in der *FAZ* vom 02.10.1999
Bewerbung als Mitarbeiter im Vertriebscontrolling

Sehr geehrte Frau Schellenberger,

gerne würde ich als Mitarbeiter im Bereich Controlling in Ihr Unternehmen einsteigen, wenn mein Arbeitsverhältnis bei der Bundeswehr nach 9 1/2 Jahren ausläuft.

Schon während meines betriebswirtschaftlichen Studiums setzte ich meine Schwerpunkte in den Bereichen Rechnungswesen, Controlling und Bilanzierung. Durch meine berufliche Laufbahn als Offizier und das damit verbundene zielorientierte Aufbaustudium an der Controller Akademie konnte ich meine fachlichen Kenntnisse insbesondere im Vertriebscontrolling ausbauen.

Zu meinen Aufgaben als Controller in einem Transportbataillon der Bundeswehr gehörten sowohl die eigenverantwortliche Budgetgestaltung als auch die Erstellung betriebswirtschaftlicher Auswertungen. Durch meine zahlreichen Fortbildungen im EDV-Bereich kann ich fundierte Kenntnisse im Bereich MS-Office sowie in SAP/CO vorweisen.

Schon frühzeitig konnte ich durch eigeninitiativ gesteuerte Praktika in diversen Unternehmen prägende Erfahrungen in der Projektarbeit sammeln. Vor allem durch den Projekteinsatz habe ich gelernt, flexibel zu agieren und mich in wechselnde Arbeitsteams problemlos einzufügen.

Liebe Frau Schellenberger, sollte ich Ihr Interesse geweckt haben, freue ich mich, Sie in einem persönlichen Gespräch kennen zu lernen und stehe Ihnen für Detailfragen gerne zur Verfügung.

Mit freundlichen Grüßen

Jochen Sommer

Anlagen

Von Ihrer besten Seite – Das Foto

Dass man beim Bewerbungsfoto so viel falsch machen kann, unglaublich! Von Damen im kleinen Schwarzen mit Federboa bis hin zu muskulösen Männern, lässig an die Wand gelehnt, ist alles anzutreffen. Denken Sie daran, Bilder haben einen stärkeren Einfluss, als es Personalverantwortliche je zugeben würden. Amateurfotos sind deshalb, wenn sie auch noch so schön sind, absolut tabu – erst recht, wenn sie aus dem Leben gegriffen sind. Am professionellen Fotografen kommen Sie einfach nicht vorbei.

Der Termin beim professionellen Fotografen ist Pflicht

Achten Sie darauf, dass Sie sich für Ihren Fototermin der Position entsprechend kleiden, vor allem wenn es sich um eine Tätigkeit handelt, bei der Kundenkontakt auf der Tagesordnung steht. Eine zu legere Kleidung ist ebenso wenig angebracht, wie ein übertrieben eleganter Aufzug. Wählen Sie am Ende das Foto aus, das Ihnen „am nächsten kommt", versehen Sie es auf der Rückseite mit Name und Anschrift und kleben Sie es an den rechten oberen Rand des Lebenslaufes – am besten mit Fotoecken oder Trockenkleber. Niemals einheften oder mit Büroklammern anstecken! Übrigens: Schwarz-Weiß-Aufnahmen sind die Ausnahme und eher in höheren Führungsetagen anzutreffen.

Obenauf – Das Deckblatt

Viele Ratgeber empfehlen mittlerweile ein Deckblatt mit Foto sowie persönlichen Daten. Ob diese Vorgehensweise nun gängig ist oder momentan nur einem Trend folgt, ist schwer zu sagen. Hilfreich ist es nicht unbedingt, denn ein Personalverantwortlicher hat in diesem Fall noch eine Seite mehr umzublättern, die eigentlich nichts aussagt. Am wenigsten sinnvoll erscheint jedoch, wenn ein Foto in der Größe eines Passbildes einsam und alleine in der Mitte eines großen weißen DIN-A4-Blatts prangt.

Wenn Sie sich jedoch für ein Deckblatt entscheiden, sollte es folgende Informationen enthalten:

Inhalt des Deckblatts

- Ihre Adresse und Telefonnummer – falls vorhanden auch Fax-Nummer und E-Mail-Adresse
- Ihr Lichtbild
- Überschrift: „Bewerbung als ..." (Bezeichnung der Stelle, wie ausgeschrieben) oder „Bewerbungsunterlagen für die ... GmbH" (Firma des Stellenanbieters)
- eventuell das Inhaltsverzeichnis zur Bewerbungsmappe

Die Dritte Seite

Die so genannte „Dritte Seite“ entstand wohl irgendwann aus der Laune heraus, etwas Neues zu schaffen. Doch was genau beinhaltet sie? Im Prinzip werden hier die Schlüsselqualifikationen noch einmal zusammengefasst. Bewerber können auf dieser Seite aber auch persönliche Schwerpunkte hervorheben, die im Anschreiben keinen Platz haben und im Lebenslauf nicht genügend zum Ausdruck kommen, beispielsweise Wünsche, Neigungen, Interessen und Ziele. Streng genommen könnte man diese Seite aber als überflüssig abtun. Schließlich sollte das Anschreiben und der Lebenslauf so formuliert sein, dass die auf das Unternehmen bezogenen Fähigkeiten und Wünsche sowie die Erfahrungen, Kompetenzen und Stärken des Bewerbers klar herausgestellt werden. Trotzdem gibt es Dinge, die gesagt werden wollen und in diese beiden Dokumente nicht hineinpassen.

Ein Beispiel aus der Praxis

Wir erhielten eine Bewerbung einer höchst interessanten Kandidatin, die auf der Dritten Seite ihre Handabdrücke abgebildet hatte: Die eine Hand war vollständig, die andere nicht existent. Der Grund: Sie verlor ihre rechte Hand bei einem Autounfall, sodass der Abdruck dem Querschnitt des Handgelenks entsprach.

Keine Wiederholungen, sondern neue Informationen

Makaber sagen die einen, ehrlich die anderen. Hätte die Bewerberin im Anschreiben mitteilen sollen, dass sie behindert ist, oder im Lebenslauf? Die Dritte Seite erfüllt nur dann ihren Zweck, wenn sie Informationen enthält, die nicht in die bereits formulierten Dokumente passen. Nichts ist mühsamer, als ständig Wiederholungen lesen zu müssen, ohne etwas Neues zu erfahren.

Wann sollten Sie auf jeden Fall eine Dritte Seite erstellen?

Immer dann, wenn Sie sich nur indirekt für ein Unternehmen bewerben, ist es sinnvoll, eine Dritte Seite einzufügen. Indirekt heißt, Sie bewerben sich

- auf eine Position, die über einen Personalberater inseriert wurde;
- für einen Bewerberpool bzw. direkt bei einem Personalberater ohne konkretes Stellenangebot;
- für eine Recruitingveranstaltung und damit für mehrere Unternehmen gleichzeitig.

Die Dritte Seite als Ersatzanschreiben

In allen genannten Fällen können Sie das Unternehmen nicht direkt ansprechen. Im Anschreiben wenden Sie sich daher eher an einen „Mittelsmann", um diesem Argumente für Ihre Qualifikation zu geben. Die Dritte Seite, die Sie dann allgemein formulieren - also weder auf eine Position noch auf ein bestimmtes Unternehmen abgestimmt - dient dem unbekannten Leser als „Ersatzanschreiben" und damit als einzige Möglichkeit, Ihre Motivation bezüglich des Jobwechsels oder des Berufseinstiegs zu verstehen und zu erkennen. Auch in diesem Fall gilt, dass Sie Ihre persönliche und berufliche Qualifikation und Motivation klar und deutlich aufzeigen. Die Anforderungen an die Dritte Seite entsprechen den Anforderungen an ein Anschreiben.

In aller Kürze - Der Lebenslauf

„Wenn ich mich in einem Lebenslauf nicht sofort zurechtfinde, kommt die Bewerbung auf den Absagestapel", so die einhellige Meinung der Personalleiter. Einig sind sich die Experten auch, dass der Lebenslauf genauso wichtig ist wie ein überzeugendes Anschreiben. Manch einer gibt dem Lebenslauf sogar den Vorrang. Entsprechend viel Energie sollte dafür also investiert werden.
Wie ein Lebenslauf am besten strukturiert werden sollte, darüber streiten selbst die Gelehrten. Die einen bevorzugen den chronologischen Lebenslauf, der mit der aktuellen Tätigkeit endet. Andere tendieren zu einer nach Sachgruppen geordneten Variante, wobei die derzeitige Beschäftigung zu Beginn stehen sollte. Wie beim Anschreiben gibt es auch hier keine optimale, stets passende Lösung - Sie haben die Wahl.

Der Aufbau eines Lebenslaufs

In der Praxis bewährt hat sich folgendes Schema:

Checkliste

Persönliche Daten

- ☑ Vor- und Zuname
- ☑ Anschrift/Telefon/Telefax/E-Mail-Adresse (falls vorhanden)
- ☑ Geburtsdatum und -ort
- ☑ Staatsangehörigkeit (nur bei Ausländern)
- ☑ Religionszugehörigkeit (optional)
- ☑ Familienstand, ggf. Zahl und Alter der Kinder
- ☑ Name und Beruf des Ehepartners (beides optional)
- ☑ Eltern mit Angabe der Berufsbezeichnung (nur für Auszubildende)

Schulausbildung
- ☑ besuchte Schulen (Typen)
- ☑ Schulabschlüsse

Wehr-/Zivildienst
- ☑ Dauer, Ort,
- ☑ genaue Tätigkeit

Hochschulstudium
- ☑ Studienfach/-fächer
- ☑ Name/Ort der Universität oder Fachhochschule
- ☑ Schwerpunkte
- ☑ Thema der Examensarbeit, ggf. Promotion
- ☑ Art der Examina

Berufsausbildung
- ☑ Art der Berufsausbildung
- ☑ Ausbildungsfirma/-institution mit Ortsangabe
- ☑ Abschluss, ggf. mit Hinweis auf besondere Erfolge

Berufserfahrung
- ☑ Berufsbezeichnung/-position, evtl. mit Kurzbeschreibung
- ☑ Arbeitgeber mit Ortsangabe

Weiterbildung
- ☑ alles, was der Berufspraxis förderlich war

Sonstige Kenntnisse
- ☑ Fremdsprachen
- ☑ EDV-Kenntnisse
- ☑ Führerschein oder sonstige für das neue Unternehmen relevante Kenntnisse

Hobbys
- ☑ zu Ihrer Persönlichkeit oder Bewerbung passende Hobbys und Interessen
- ☑ ehrenamtliches und/oder soziales Engagement

- ☑ **Ort, Datum und handschriftliche Unterschrift**

Klar gegliedert und lückenlos

Der Lebenslauf ist das Kernelement Ihrer Bewerbungsunterlagen und eine wesentliche Grundlage der Personalentscheidung. Üblich ist der maschinengeschriebene/ausgedruckte – im Gegensatz zum handschriftlichen – Lebenslauf. Übersichtlich, klar gegliedert, innerhalb der Gliederungspunkte chronologisch und lückenlos muss er zunächst Ihre Person, dann Ihre Qualifikation und Ihren beruflichen Werdegang darstellen. Er kann eine oder mehrere Seiten umfassen.

Der Experten-Tipp: Jobware Online-Service GmbH, Paderborn

Bewerber, die bereits über praktische Erfahrungen verfügen, sollten die umgekehrte zeitliche Reihenfolge wählen. Den Personalbeauftragten interessiert zuerst, was der Bewerber zuletzt gemacht hat.
Achten Sie jedoch beim Erstellen des Lebenslaufes darauf, dass er übersichtlich gegliedert, also leicht zu lesen ist. Nicht selten kommt es vor, dass sich der Leser anfänglich fragt, was denn der Bewerber momentan macht. Nicht jeder Personalleiter nimmt sich die Zeit und „malt“ den Lebenslauf auf ein Extrapapier. Versetzen Sie sich in die Lage Ihres Lesers und versuchen Sie, Ihren Werdegang anhand Ihrer Eintragungen nachzuvollziehen. Was haben Sie nach dem Gymnasium gemacht? Waren die Praktika parallel zum Studium oder nach dem Studium? Wann waren Sie beispielsweise selbstständig? Vor, während oder nach dem Studium? Wie leicht lässt sich dies nachvollziehen?

Gestaltungsbeispiele

Eine individuelle Gestaltung ist erlaubt

Wenn Sie an dieser Stelle eine DIN-Norm für Ihren Lebenslauf erwarten, hoffen Sie vergeblich. Eine solche Norm gibt es leider – oder Gott sei Dank – nicht. Das heißt aber nicht, dass es keine Regeln zu beachten gibt. Wir möchten Ihnen anhand von Musterbeispielen vorstellen, wie ein Lebenslauf aussehen könnte. Wir sagen bewusst könnte, denn Ihrer Kreativität sind keine Grenzen gesetzt. Solange der Lebenslauf übersichtlich und vollständig ist und vor allem inhaltlich überzeugt, darf er ruhig individuell gestaltet sein.

Gestaltungsbeispiel 1

chronologischer Lebenslauf, nach Sachgruppen geordnet

Lebenslauf

Name:	Connie Musterfrau
Geburtsdatum:	5. November 1978
Geburtsort:	Borken
Wohnort:	Birkstraße 15, 34599 Neuental Tel.: 0 66 93 / 12 34 56
Eltern:	Mark Musterfrau, Schreiner (selbstständig) Klara Musterfrau, geb. Meier, Grundschullehrerin
Ausbildung:	Sept. 1985–Aug. 1989: Grundschule Neuental Sept. 1989–Juli 1995: Realschule Borken Aug. 1995–Juni 1997 Abendgymnasium Juli 1997–Aug. 1997 Traumfabrik GmbH, Borken 4 Tage pro Woche kaufmännische Tätigkeiten Sept. 1997–März 2000 Ausbildung zur Friseurin bei Klirr Friseursalon, Borken (Abschluss: 1,0) Mai 2000–heute Studium der Betriebswirtschaftslehre an der Fernuniversität Hagen
Besondere Kenntnisse:	Word, Excel, PowerPoint (jeweils mit VHS-Zertifikat)
Sprachkenntnisse:	Englisch und Französisch (Schulkenntnisse)
Führerschein:	Klasse 3
Hobbys:	Schwimmen, Badminton (Verein „SV Borken“)

(Ort, Datum, Unterschrift per Hand)

Gestaltungsbeispiel 2

chronologischer Lebenslauf, nach Sachgruppen geordnet

Lebenslauf

Persönliche Daten:

Name:	Connie Musterfrau
Geburtsdatum:	5. November 1978
Geburtsort:	Borken
Wohnort:	Birkstraße 15, 34599 Neuental Tel.: 0 66 93 / 12 34 56
Eltern:	Mark Musterfrau, Schreiner (selbstständig) Klara Musterfrau, geb. Meier, Grundschullehrerin

Schulausbildung:

09/85–08/89	Grundschule Neuental
09/89–07/95	Realschule Borken
08/95–06/97	Abendgymnasium

Berufserfahrung:

09/97–03/00	Ausbildung zur Friseurin bei Klirr Friseursalon, Borken (Abschluss: 1,0)
04/00–heute	Friseurin bei Hairteam Monika

Studium:

05/00–heute	Studium der Betriebswirtschaftslehre an der Fernuniversität Hagen

Sprachkenntnisse:

Englisch	Schulkenntnisse
Französisch	Schulkenntnisse

Praktikantentätigkeit:

07/97–08/97	Traumfabrik GmbH, Borken 4 Tage pro Woche kaufmännische Tätigkeiten

Besondere Kenntnisse:

Word, Excel, PowerPoint (jeweils mit VHS-Zertifikat)

Führerschein:

Klasse 3

Hobbys:

Schwimmen, Badminton (Verein „SV Borken“)

(Ort, Datum, Unterschrift per Hand)

Gestaltungsbeispiel 3

zweiseitiger chronologischer Lebenslauf

LEBENSLAUF

Persönliche Angaben

Name:	Max Mustermann
Anschrift:	Borkweg 7, 28219 Bremen
	Tel.: 0421/12 33 44 (AB)
	E-Mail: mmustermann@provider.de
Geburtsdatum/-ort:	15.03.1973 in Münster
Familienstand:	ledig

Ausbildung

Schule

1983–92	Gymnasium a. d. Bördestraße, Bremen Abitur in den Fächern Mathematik, Deutsch, Englisch und Physik (Abschluss: 1,5)

Beruf

1992–94	Ausbildung zum Anlagenmechaniker – Fachrichtung Versorgungstechnik, Bremer Vulkan AG (Abschluss: 1,6)

Universität

1994–96	Grundstudium der Betriebswirtschaftslehre ...
1996–97	Auslandsstudium an der University of Chicago ...
seit Mai 1997	Hauptstudium der Betriebswirtschaftslehre ... Schwerpunkte: Marketing, Projekt-Management ... Diplomarbeit zum Thema ... (voraussichtlicher Abschluss: 2,0)

Praktika

Feb./Apr. 1996	USA Todax, Rochester, New York, USA Bereich Advertising/ Marketing Tätigkeit: ...
März/Apr. 1998	Siemens AG München Bereich Marketing Tätigkeit: ...

- 2 -

Aug./Nov. 1998	Kraft Jacobs Suchard, Bremen Bereich Marketing Tätigkeit: ...
Feb./Mai 1999	Toys "R" Us, Madrid, Spanien Bereich: Marketing Tätigkeit: ...

Auslandserfahrung

März/April 1990	Schüleraustausch mit der Brighton Highschool, Rochester, New York, USA
Feb./April 1996	Praktikum im Advertising/Marketing Department, USA Todax, Rochester, New York, USA
1996–1997	Auslandsstudium an der University of Chicago
Feb./Mai 1999	Praktikum im Marketing Department Toys "R" Us, Madrid, Spanien

Sprachen

Englisch	verhandlungssicher
Spanisch	fließend

EDV-Kenntnisse

Sprachen:	COBOL, C++
Programme:	MS Office, SAP R/2

Interessen

Reisen, Sprachen, Springreiten, Golf

(Ort, Datum, Unterschrift per Hand)

Gestaltungsbeispiel 4

chronologischer Lebenslauf „rückwärts" (heute – früher), nach Sachgruppen geordnet

Lebenslauf

Persönliche Daten

Name:	Monika Muster
Anschrift:	Mozartstraße 17, 44809 Bochum Tel.: 0234/445566 E-Mail: Monika.muster@hotmail.com
Geburtsdatum/-ort:	15. 03. 1947 in New York
Nationalität:	amerikanisch
Familienstand:	ledig

Berufserfahrung

seit 1990 Geschäftsführerin	Eisenhut & Bartel Führung von „Eisenhut & Bartel", einer in Projektmanagement für die staatliche Fürsorge spezialisierten Beratungsfirma
1982–1990 Stellvertretende Direktorin	Importe aus aller Welt, 12345 Großstadt Zusammenarbeit mit mehreren Lieferfirmen im Mittleren Osten Import-Koordination für den europäischen Markt
1978–1982 Managerin	Zuckerhut Schokoladen, Frankfurt am Main Verwaltung des Administrationsbudgets Führung von zehn Vollzeitangestellten Eröffnung dreier neuer Filialen im Raum Bayern
1976–1978 Leiterin, Flugreisen	Familien-Reiseklub, Hamburg Kontakt mit Fluggesellschaften Organisation von Flugreisen für Großfirmen Führung von fünf Angestellten

Ausbildung

1973–1975 Staatliche Hochschule, Bonn
Management I, Fachrichtung „Führung von kleinen und mittleren Unternehmen"

1967–1973 Bergische Universität, Wuppertal
Diplomkauffrau

Fremdsprachen

Englisch: Muttersprache
Deutsch: fließend
Arabisch: sehr gute Kenntnisse

Interessen

Vorstandsmitglied der Freunde des Nationalmuseums, Berlin
Vorstandsmitglied der Vereinigung der Ernährungsberater, Wiesbaden

(Ort, Datum, Unterschrift per Hand)

Im Detail – Schwerpunktsetzung

Mehr noch als die Sorge um die optimale Gestaltung sollte Sie der Inhalt Ihres Lebenslaufs beschäftigen, denn wie beim Bewerbungsanschreiben gilt auch hier: Standardlebensläufe sind verpönt. Jede neue Bewerbung fordert einen individuell ausgearbeiteten Lebenslauf, der entsprechend den Anforderungen des jeweiligen potenziellen Arbeitgebers ausgerichtet werden sollte – eine Tatsache, die Bewerber leider nur sehr selten realisieren.

Unter folgenden Rubriken können Sie speziell auf das Anforderungsprofil der Unternehmen eingehen:

Sachgruppen mit möglicher Schwerpunktsetzung

- Schwerpunkte der Ausbildung
- Arbeitsinhalte bei Praktika/Berufstätigkeiten
- Sonstiges
- EDV-Kenntnisse
- Fremdsprachen
- Qualifikationen
- Kongressteilnahmen
- Veröffentlichungen

Wie aber setzt man Schwerpunkte im Lebenslauf? Es gibt unterschiedliche Möglichkeiten. Beispielsweise, indem man mit wenigen Worten ausführt, was man während eines Praktikums gemacht hat:

Beispiel: Praktikum

Okt. 97 – Dez.97	**Praktikum bei Bayer AG, Leverkusen** **Bereich Personal**

Mal ehrlich, was sagt dieses Beispiel aus? Worin bestand die genaue Tätigkeit während des Praktikums? In Kaffeekochen? Selbst wenn der Bewerber durch sein Praktikumszeugnis das Gegenteil beweisen kann, heißt das noch lange nicht, dass ein Personalverantwortlicher sich die Mühe macht und jedes Zeugnis liest, um die Fakten herauszufiltern.

Gehen Sie ins Detail

Fazit: Gehen Sie ins Detail! Sagen bzw. schreiben Sie, was Sie inhaltlich konkret geleistet haben. Es genügt nicht darzustellen, wo und wann Sie etwas gemacht haben, wichtig sind Ihre konkreten Tätigkeitsbereiche. Unser Beispiel würde dementsprechend folgendermaßen aussehen:

Korrigiertes Beispiel: Praktikum

Okt. 97 – Dez.97	Praktikum bei Bayer AG, Leverkusen Bereich Personal, Trainingsentwicklung Mitarbeit bei der Auswahl von Aus- und Weiterbildungsmaßnahmen: - Einladung der Teilnehmer - Organisation der Trainings (Administration, Reise, Übernachtung etc.) - Reisekostenabrechnung

Durch detailliertes Ausformulieren können Sie in Ihrem Lebenslauf Schwerpunkte setzen. Wie aber gehen Sie vor, wenn Sie gleich mehrere Praktika absolviert haben, beispielsweise im Bereich Personal, Finanzen und Marketing? In diesem Fall heißt das Zauberwort Selektion, um dem Personalverantwortlichen ein bestimmtes Bild von sich zu präsentieren. Mit der Ausformulierung Ihrer Tätigkeiten in einem bestimmten Bereich und dem aktiven Nicht-Ausformulieren in einem anderen Bereich setzen Sie ebenfalls gezielt Gewichtungen.
Allgemein formuliert würde der Lebenslauf in der Sachgruppe Praktika folgendermaßen aussehen:

Beispiel: mehrere Praktika

Juli 1996 – Sept. 1996	ISOLA Werke UK Ltd., Cumbernauld, Schottland: Mitarbeit im Bereich Devisenmanagement
April 1997 – Juni 1997	Bayerische Vereinsbank AG München: Abteilung Personal- und Management-Entwicklung und Instrumente
April 1998 – Juni 1998	Canadian German Chamber of Industry and Commerce INC., Vancouver, Kanada: Consulting & Marketing Services

Interessant, aber wenig aussagekräftig. Wenn Sie Ihre Praktika allerdings unterschiedlich gewichten, könnte unser Beispiel wie folgt aussehen:

Beispiel: mehrere Praktika, Schwerpunkt Finanzen

Praktika:

Juli 1996–Sept.1996	ISOLA Werke UK Ltd., Cumbernauld, Schottland: – Mitarbeit im Bereich Devisenmanagement – Unterstützende Tätigkeiten bei Monats- und Jahresabschlüssen – Umgang mit der Finanzbuchhaltungssoftware SUN
April 1997–Juni 1997	Bayerische Vereinsbank AG München: Abteilung Personal- und Management-Entwicklung und Instrumente
April 1998–Juni 1998	Canadian German Chamber of Industry and Commerce INC., Vancouver, Kanada: Consulting & Marketing Services

Beispiel: mehrere Praktika, Schwerpunkt Marketing

Praktika:

Juli 1996–Sept. 1996	ISOLA Werke UK Ltd., Cumbernauld, Schottland: Devisen und Finanzen
April 1997–Juni 1997	Bayerische Vereinsbank AG München: Abteilung Personal- und Management-Entwicklung und Instrumente
April 1998–Juni 1998	Canadian German Chamber of Industry and Commerce INC., Vancouver, Kanada Abteilung: Marketing Services – Vorbereitung und Durchführung von Marketingmaßnahmen – Bearbeitung von Kundenanfragen

Beispiel: mehrere Praktika, Schwerpunkt Personal

Praktika:

Juli 1996–Sept. 1996	ISOLA Werke UK Ltd., Cumbernauld, Schottland: Devisen und Finanzen
April 1997–Juni 1997	Bayerische Vereinsbank AG München: Abteilung Personal- und Management-Entwicklung und Instrumente – Mitarbeit bei der Neukonzeption eines Verfahrens zur Potenzialeinschätzung – Mitarbeit bei der Konzeption, Organisation und Durchführung einer Schulung für Interviewer – Mitarbeit bei der Organisation und Durchführung von Trainings
April 1998–Juni 1998	Canadian German Chamber of Industry and Commerce INC., Vancouver, Kanada Abteilung: Marketing Services

Sie sehen, je nach Schwerpunktsetzung konzentriert sich der Personalverantwortliche auf die jeweiligen Ausführungen und überfliegt die anderen Praktika.

Ein Beispiel aus der Praxis

Martina F., eine SAP-Beraterin, war auf der Suche nach neuen Herausforderungen. Da sie sehr viele Schulungen geplant, organisiert und gehalten hatte, wollte sie in diesem Bereich einsteigen, allerdings nicht mehr SAP. Sie musste ihren Lebenslauf daher so gestalten, dass ihre Trainer-, nicht jedoch ihre SAP-Erfahrung dominierte. Der Blick des Lesers sollte auf Anhieb auf die Stärken im Trainingsbereich gelenkt werden. Erst auf den zweiten Blick sollte er auf die Qualifikationen als SAP-Beraterin aufmerksam werden.

Stellen Sie sich vor, Martina hätte, bei der heutigen Marktlage, ihre SAP-Kenntnisse im Lebenslauf ausführlicher dargestellt. Neue Herausforderungen hätten

Auf die richtige Betonung kommt es an

sich ihr wahrscheinlich nie gestellt, sie wäre nach wie vor als potenzielle Trainerin eingeladen worden. Wenn Sie also einem Unternehmen bereits in Ihren Unterlagen Ihre Wünsche und Ziele verdeutlichen wollen, müssen Sie diese geschickt in den Lebenslauf und das Anschreiben verpacken. Allerdings dürfen Sie wichtige Stationen Ihres beruflichen Werdegangs nicht weglassen oder gar verschweigen. Ihr Lebenslauf sollte lückenlos sein. Vielmehr geht es in diesem Fall um die richtige Betonung.

Auf den nächsten Seiten stellen wir Ihnen Peter Wilma vor. Er bewirbt sich für einen Ausbildungsplatz bei einer Bank und in einer Kanzlei. Beide Firmen sollen das Gefühl bekommen, dass Peter genau der richtige Kandidat ist. Wie der Bewerber das bewerkstelligt, zeigt der folgende Lebenslauf, den wir kommentiert und dann bezogen auf die entsprechenden Ausbildungsstellen korrigiert haben.

Beachten Sie: Es wurde in den korrigierten Versionen nichts weggelassen, es wurde lediglich anders betont und doch hat der Leser das Gefühl, einen anderen Bewerber vor sich zu haben.

Im Anschluss daran finden Sie weitere Lebensläufe, die auf den ersten Blick recht gelungen scheinen, beim näheren Betrachten jedoch einige Defizite aufweisen. Die Kommentare zu den einzelnen Punkten geben Ihnen einen Überblick, worauf die Bewerber hätten achten sollen und wie sie es hätten besser machen können. Bitte betrachten Sie alle Beispiele in diesem Buch auch als solche. Widerstehen Sie der Versuchung, die Musterlebensläufe zu kopieren oder als Vorlagen zu verwenden. Nutzen Sie sie als Ansporn für eigene Ideen. Ein guter Bewerber zeichnet sich durch einen individuellen Lebenslauf aus, nicht durch das reine Abkupfern von Vorlagen.

Kommentiertes Musterbeispiel

Lebenslauf eines Auszubildenden

Lebenslauf 1

Peter Wilma

2

Geburtsort: Hamburg
Geburtsdatum: 24.11.1980
Familienstand: ledig
Vater: Erich Wilma, Maschinenbauingenieur
Mutter: Tonia Wilma, geb. deGeer, Bürokauffrau

3

4

Schule: Aug. 1986–1990 Max-Ernst-Grundschule, Fischbek
Aug. 1990–1996 Realschule Fischbek
Aug. 1996–1999 Gymnasium Groß-Hollerstedt
Aug. 1999–2000 Höhere Handelsschule Hamburg

5

Hobbys: Sport, Börse, Mathematik, Politik und Wirtschaft, PC

6

Sonstiges:
Sprachen: Deutsch, Englisch, Französisch
EDV: Windows 95

Peter Wilma

Kommentare

1

Formal

–

Das Layout lässt zu wünschen übrig: Der Lebenslauf wirkt wenig übersichtlich und dadurch unstrukturiert. Gestaltungselemente wie Unterstreichungen, fett gesetzte Überschriften oder farbliche Unterlegungen geben dem Auge Halt und dem Dokument Struktur.

2

Persönliche Daten

+/–

Unvollständig: Es fehlen die genaue Anschrift, die Telefonnummer und ggf. die E-Mail-Adresse. Da Peter Wilma Auszubildender ist, ist die Angabe der Eltern samt Berufsbezeichnung korrekt.

3

Schulausbildung

+

Vollständig und chronologisch aufgeführt. Dennoch hätten Schulabschluss und -note genannt werden sollen.

4

Hobbys

–

Ausführlich genug. Unter Umständen könnte der Bewerber noch besondere Erfolge wie beispielsweise Auszeichnungen aufführen, so vorhanden. Ehrenamtliches und/oder soziales Engagement gehören ebenfalls unter diese Rubrik.

5

Fremdsprachen

–

Die Fremdsprachen wurden zwar angegeben, allerdings fehlen die Datailinformationen. Hier hätte der Bewerber ins Detail gehen müssen. Beherrscht der Bewerber alle Sprachen fließend in Wort und Schrift oder handelt es sich lediglich um Grundkenntnisse?

6

EDV-Kenntnisse

–

Auch hier sollte der Bewerber konkreter werden. Beherrscht er das gesamte Paket WIN95 oder nur einzelne Programme? Wenn er in der Schule am PC ausgebildet wurde, sollte er dies ebenfalls vermerken, gegliedert nach Software, Programmiersprachen und Betriebssystemen.

Fazit

–

Der erste Eindruck trügt: Obwohl der Lebenslauf auf den ersten Blick vollständig scheint, fehlt neben der Adresse und der anschließenden Angabe von Ort und Datum die Schwerpunktsetzung. Worin genau liegen die Fähigkeiten des Bewerbers? Welche praktischen Tätigkeiten hat er bereits ausgeführt, wo hat er Berufserfahrung sammeln können? Nicht nur im Anschreiben, auch im Lebenslauf sollten solche Qualifikationen herausgearbeitet werden. Weiterer Minuspunkt: die Gestaltung. Der Lebenslauf ist zu unübersichtlich, unstrukturiert und wenig ansprechend.

Korrigiertes Musterbeispiel

Lebenslauf eines Auszubildenden, Schwerpunkt Finanzen

Lebenslauf

Peter Wilma
Austerngasse 12
23869 Fischbek
Tel.: 0 45 32 / 12 34 56 67

Persönliche Daten:

Geburtsdatum und -ort:	24. 11. 1980 in Hamburg
Familienstand:	ledig
Vater:	Erich Wilma, Maschinenbauingenieur
Mutter:	Tonia Wilma, geb. deGeer, Bürokauffrau

Schulische Ausbildung:

August 1986–Juni 1990:	Max-Ernst-Grundschule Fischbek
August 1990–Juni 1996:	Realschule Fischbek **Abschluss: Mittlere Reife**
August 1996–Juli 1999:	Gymnasium Groß-Hollerstedt Leistungskurse: Wirtschaft & Politik, Mathematik **Abschluss: Abitur (2,7)**

Praktische Aktivitäten:

Juli 1995	Praktikant bei der **Kreissparkasse** Groß-Hollerstedt Aufgaben: – Erstellen von Daueraufträgen – Bearbeitung von Überweisungsscheinen – Überprüfung von Konten – und diverse Bürotätigkeiten
Juli 1997	Praktikant bei der Rechtsanwaltskanzlei Petersen & Petersen in Klein-Hollerstedt
August 1997–Mai 1999	Stundenweise Aushilfstätigkeit bei der Steuerberatungsgesellschaft Dr. Kleber & Partner in Hollerstedt

Besondere Kenntnisse:

Sprachen:	Englisch: gute Kenntnisse Französisch: Grundkenntnisse
EDV:	Windows 95: Anwender MS-Office-Paket: guter Kenner

Sonstige Interessen:	Börse, Börsenspiel, Sport, PC 1. Sieger beim Börsenspiel des Handelsblatts

Fischbek, 27. 10. 1999 Peter Wilma

Korrigiertes Musterbeispiel

Lebenslauf eines Auszubildenden, Schwerpunkt Recht

Lebenslauf

Peter Wilma
Austerngasse 12
23869 Fischbek
Tel.: 0 45 32 / 12 34 56 67

Persönliche Daten:	
Geburtsdatum und -ort:	24. 11. 1980 in Hamburg
Familienstand:	ledig
Vater:	Erich Wilma, Maschinenbauingenieur
Mutter:	Tonia Wilma, geb. deGeer, Bürokauffrau
Schulische Ausbildung:	
August 1986–Juni 1990:	Max-Ernst-Grundschule Fischbek
August 1990–Juni 1996:	Realschule Fischbek **Abschluss: Mittlere Reife**
August 1996–Juli 1999:	Gymnasium Groß-Hollerstedt Leistungskurse: Wirtschaft & Politik, Mathematik **Abschluss: Abitur (2,7)**
Praktische Aktivitäten:	
Juli 1995	Praktikant bei der Kreissparkasse Groß-Hollerstedt
Juli 1997	Praktikant bei der **Rechtsanwaltskanzlei** Petersen&Petersen in Klein-Hollerstedt Aufgaben: – Entgegennehmen von Telefonaten – Aktenverwaltung – Assistenz bei der Fristenkontrolle – Erstellung von Kostennoten – Aussendung von Mahnschreiben
August 1997–Mai 1999	stundenweise Aushilfstätigkeit bei der Steuerberatungsgesellschaft Dr. Kleber & Partner in Hollerstedt
Besondere Kenntnisse:	
Sprachen:	Englisch: gute Kenntnisse Französisch: Grundkenntnisse
EDV:	Windows 95: Anwender MS-Office-Paket: guter Kenner
Sonstige Interessen:	Börse, Politik und Wirtschaft, Sport, PC

Fischbek, 27.10.1999 Peter Wilma

Kommentiertes Musterbeispiel

Lebenslauf nach abgeschlossener Ausbildung, Eintritt ins Berufsleben

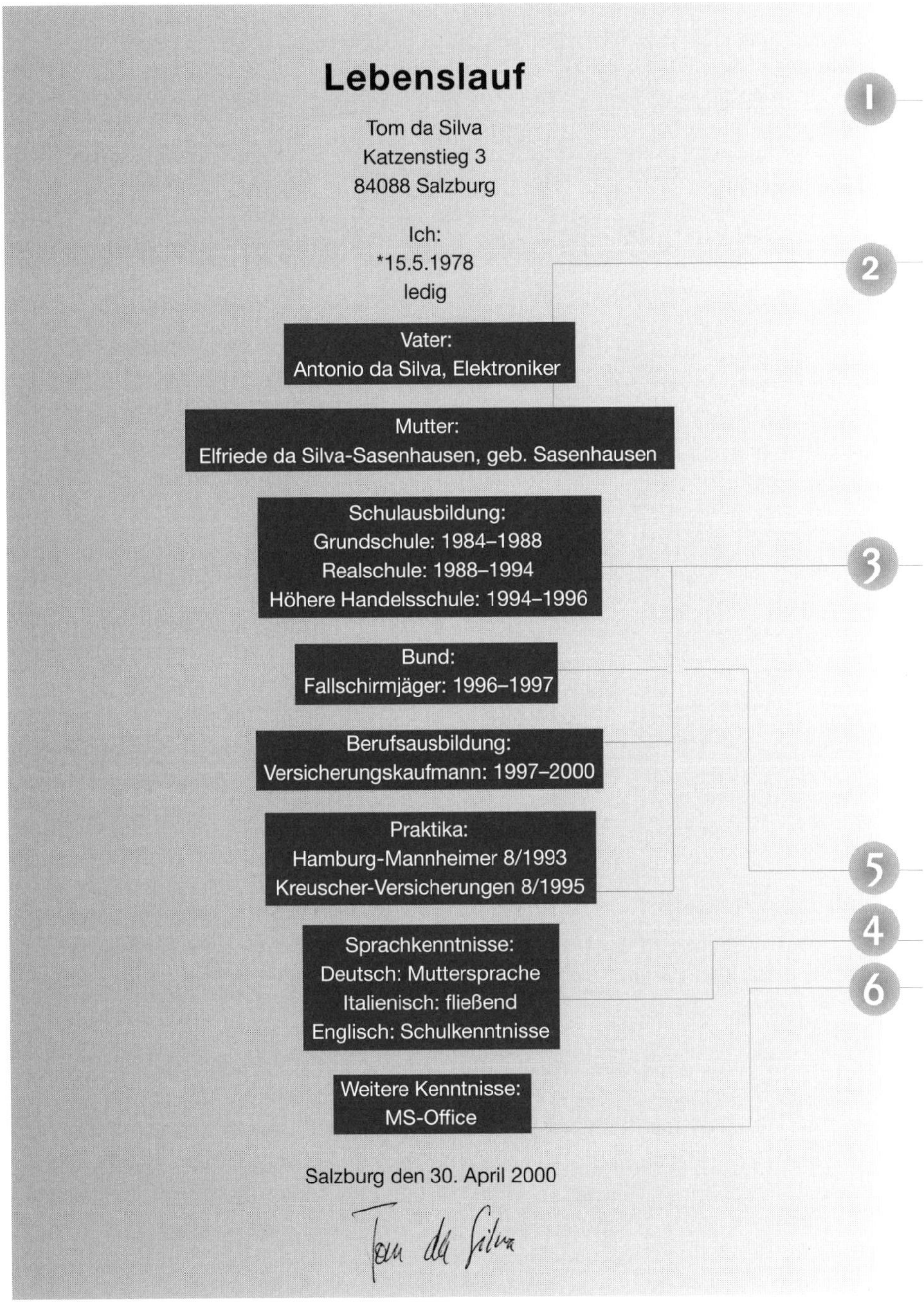

Lebenslauf

Tom da Silva
Katzenstieg 3
84088 Salzburg

Ich:
*15.5.1978
ledig

Vater:
Antonio da Silva, Elektroniker

Mutter:
Elfriede da Silva-Sasenhausen, geb. Sasenhausen

Schulausbildung:
Grundschule: 1984–1988
Realschule: 1988–1994
Höhere Handelsschule: 1994–1996

Bund:
Fallschirmjäger: 1996–1997

Berufsausbildung:
Versicherungskaufmann: 1997–2000

Praktika:
Hamburg-Mannheimer 8/1993
Kreuscher-Versicherungen 8/1995

Sprachkenntnisse:
Deutsch: Muttersprache
Italienisch: fließend
Englisch: Schulkenntnisse

Weitere Kenntnisse:
MS-Office

Salzburg den 30. April 2000

Tom da Silva

Kommentare

1

Formal

−

Für jemanden, der seinen Schwerpunkt auf Versicherungen legt und wahrscheinlich in dieser Branche unterkommen möchte, ist das Layout zu kreativ. Unter der extravaganten Gestaltung leidet auch die Übersichtlichkeit: Es ist schwer, sich auf einen Blick zurechtzufinden.

2

Persönliche Daten

−

Die Angabe der Eltern ist in diesem Fall nicht notwendig, da der Bewerber keinen Ausbildungsplatz sucht. Die Telefonnummer allerdings sollte bei den persönlichen Daten möglichst nicht fehlen.

3

Ausbildung

+/−

Gut: Die schulische und berufliche Ausbildung samt Praktika wurde vollständig und chronologisch aufgeführt.
Der Bewerber sollte jedoch angeben, wo er seine Ausbildungen absolviert hat und wie seine Abschlüsse waren. Möchte er den Namen nicht nennen, kann er auch auf eine anonymisierte Variante zurückgreifen. Anstatt BMW AG könnte er z. B. schreiben: ein großer Automobilhersteller im Süden Deutschlands. Auch sollte der Bewerber die Schwerpunkte seiner Ausbildung aufführen. In welchem Bereich der Versicherung war er vorwiegend tätig?

4

Fremdsprachen

+

Ausgezeichnet: Der Bewerber führt nicht nur seine Sprachkenntnisse auf, er konkretisiert zugleich, wie weit diese Kenntnisse gediehen sind.

5

Wehrdienst

−

Es heißt nicht „Bund“, sondern „Wehrdienst“. Generell hat Umgangssprache in einer Bewerbung nichts zu suchen.

6

EDV-Kenntnisse

−

Warum nicht konkret? In dieser eher abgemagerten Form bleiben zu viele Fragen offen: Welche Programme von MS-Office beherrscht der Bewerber genau: Excel, PowerPoint, Word, Access etc.? Wie gut sind seine Kenntnisse?

Fazit

+

Über die äußere Form kann man, wie gesagt, geteilter Meinung sein. Inhaltlich sind an dieser Bewerbung einige Punkte zu bemäkeln: Schön wäre es gewesen, wenn Tom da Silva seine Qualifikationen im Lebenslauf deutlicher herausgearbeitet hätte, denn auch ein Versicherungskaufmann hat Schwerpunkte. Auch Hobbys, ehrenamtliches oder soziales Engagement sucht der Leser vergeblich. Dennoch: ein insgesamt gelungener Lebenslauf, der weitgehend vollständig und lückenlos ist.

Kommentiertes Musterbeispiel

Lebenslauf eines Angestellten

1

Lebenslauf

Peter Reuther
Schillerstr. 15
46123 Oberhausen
geb. am 11. 03. 1970 in Bochum
verheiratet, zwei Kinder

2

Werdegang:

1976-1985	Grund- und Hauptschule in Bochum
1985-1988	Ausbildung zum Tischler
	Bauschreinerei Müller GmbH in Bochum
	Gesellenprüfung mit Note „gut“
1988-1989	Grundwehrdienst in Oldenburg
1989-1991	Tischler
	Bauschreinerei Müller GmbH in Bochum
1991-1995	Tischler
	Grobe Innenausbau in Dortmund
seit 1995	Tischlermeister
	Bauschreinerei Bracht GmbH

3

Sonstiges:

1996	CNC -Technik - Holzbearbeitung
1993-1994	Vorbereitungslehrgang auf die Meisterprüfung mit Abschluss als Tischlermeister

4

Oberhausen, den 1. 4. 2000

5

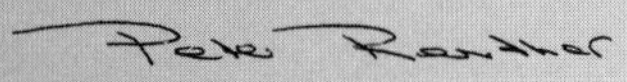

Kommentare

1

Formal

+

Auf den ersten Blick perfekt, denn alle relevanten Stationen des Werdegangs wurden einigermaßen vollständig und übersichtlich dargestellt. Der besseren Übersicht halber wäre eine Einteilung in Sachgruppen und die Verwendung von Gestaltungsmitteln wie fett gesetzte Überschriften oder Unterlegungen sicherlich von Vorteil.

2

Persönliche Daten

+

Alles da, außer der Telefonnummer. Eine zusätzliche Unterteilung in die Sparten „Name“, „Anschrift“, „Geburtsdatum und -ort“ sowie „Familienstand“ schafft mehr Struktur und somit Übersichtlichkeit.

3

Ausbildung

+/-

Eine chronologische Auflistung in aller Vollständigkeit. Trotzdem ein Minuspunkt: Der Bewerber sollte nicht nur angeben, wo er wann gearbeitet hat, sondern auch seine speziellen Tätigkeiten in den jeweiligen Unternehmen. Bewirbt er sich beispielsweise als Möbelschreiner, hilft es dem Unternehmen wenig, wenn sich zwar ein Bewerber mit viel Berufserfahrung meldet, dieser aber nur im Bereich Innenausbau und Fensterbau tätig war. Weiterer Kritikpunkt: In der Auflistung des Werdegangs sollten bei Männern die Angaben zu Wehrdienst bzw. Zivildienst oder Ausmusterung nicht fehlen. Schön wäre auch gewesen, wenn die Datumsangabe in der Form M/J–M/J angegeben worden wäre.

4

Sonstiges

-

Sämtliche Angaben zu Hobbys, EDV- und Fremdsprachenkenntnisse fehlen. Sind sie nicht relevant oder nicht vorhanden? Zwar könnte man bei dieser Berufsgruppe dazu tendieren, EDV-Kenntnisse als nicht relevant zu erachten, dennoch steigen selbst Kleinbetriebe immer mehr auf EDV um. Ähnlich sieht es beim Thema Fremdsprachen aus: Der Leser weiß nicht, ob der Bewerber Fremdsprachen beherrscht, dies aber nicht für relevant erachtet oder ob er keine Fremdsprachen spricht. Dabei verfügt fast jeder über Grundkenntnisse aus der Schule.

5

Unterschrift

+

Vorbildlich: Der Bewerber hat nicht nur handschriftlich unterschrieben, er hat auch Ort und Datum angegeben.

Fazit

+/-

Abgesehen von der formalen Gestaltung, die etwas aufwendiger hätte ausfallen können, ist dieser Lebenslauf auf den ersten Blick übersichtlich und vollständig. Lückenlos präsentiert der Bewerber seine beruflichen Stationen, auch seine Weiterbildung führt er entsprechend an. Noch aussagekräftiger würde sein Lebenslauf durch die detailliertere Angabe seiner Tätigkeiten in den jeweiligen Unternehmen. EDV- und Fremdsprachenkenntnisse wären sicherlich interessant, sind aber bei dieser Berufsgruppe weniger relevant.

Kommentiertes Musterbeispiel

Lebenslauf eines Angestellten mit viel Berufserfahrung

Lebenslauf 1

Name:	Hermann Weis
Geburtstag, Geburtsort:	1. Oktober 1964 in Kraichberg
Familienstand:	ledig
Schulausbildung:	10 Jahre Polytechnische Oberschule 2
Wehrdienst:	1984–1985 4

Berufsausbildung:
2-jährige Lehrzeit als Elektromonteur bei der Energieversorgung Erfurt, Betriebsberufsschule Bleicherode, Lehrabschluss 1987 mit „gut“. 3

Berufstätigkeit:
Nach meiner Lehrzeit war ich bei der Energieversorgung Suhl, Sitz Meiningen, Betriebsteil Schmalkalden, als Netzbaumonteur tätig. Um meine Kenntnisse zu vervollständigen, wechselte ich die Arbeitsstelle.
1990 begann ich eine Tätigkeit als Überwacher für Versorgungsanlagen bei der Post, Rundfunksendestelle Inselsberg. Aufgrund der Ungewissheit über die Zukunft meiner 6
Arbeitsstelle, die sich daraus ergab, dass die Post nach der Wende neu strukturiert werden sollte, suchte ich nach einer anderen Tätigkeit. Am 02. 09. 1992 nahm ich eine Tätigkeit als Elektriker bei der Firma Gessner in Neu-Isenburg auf.
Bedingt durch die sehr gespannte Wohnraumsituation im Raum Frankfurt/Main beteiligte ich mich an einer Wohn- und Wochenendheimfahrgemeinschaft. Mit dem 5
Ausscheiden von zwei Kollegen auf eigenen Wunsch Ende 1992, die zu der genannten Fahr- und Wohngemeinschaft gehörten, stiegen die Kosten für Miete und Heimfahrt in einen Bereich, der eine Veränderung notwendig machte. So suchte ich eine neue Tätigkeit und begann Ende Januar 1993 bei der Firma Siemens in Würzburg als Einrichter für Produktionslinien. Dort bin ich seither tätig.
Nebenberuflich begann ich vor ca. 2 Jahren mit dem Programmieren für Windows und das Internet.

Berufserfahrung:
Gründliche Kenntnisse auf den Gebieten der Elektromontage, Wartung und Instandhaltung. Erfahrung beim Bedienen und Einstellen von Maschinen.
Gute PC-Kenntnisse und Erfahrung mit MS-Office-Produkten. Programmiererfahrung in Delphi, Visual-Basic, Javascript, Java, ASP und HTML.

Hobby:	Elektronik, PC
Führerschein:	Klasse 1, 1a, 1b, 2, 3, 4, 5

Kommentare

1

Formal

–

„Ist dies das Anschreiben?“, wird sich wohl mancher Leser beim Anblick dieses Lebenslaufs fragen. Eine solch ausformulierte Variante existiert zwar, sie ist aber nicht unbedingt zu empfehlen. Sie sehen selbst, wie schwer es ist, sich einen schnellen Überblick zu verschaffen.

2

Persönliche Daten

–

Die Daten sind unvollständig. Sowohl die Adresse als auch die Angabe der Telefonnummer fehlen.

3

Schulausbildung

–

Lediglich die Gesamtdauer der Schulausbildung anzugeben, reicht bei weitem nicht aus. Von wann bis wann genau hat Hermann Weis die Polytechnische Oberschule besucht, in welchem Ort und mit welchem Abschluss?

4

Wehrdienst

–

Den einen oder anderen Personalleiter interessiert, in welchem Bereich der Wehr- oder Ersatzdienst abgeleistet wurde. Ein bis zwei Sätze zu diesem Thema schaden nicht.

5

Berufsausbildung

+/–

Positiv: Der Bewerber gibt Ort, Dauer und Art der Ausbildung mitsamt der Abschlussnote an. Negativ: Auch hier ist die genaue Datumsangabe (M/J-M/J) erforderlich.

6

Berufstätigkeit

–

Es ist schwer herauszufinden, was der Bewerber wann gemacht hat. Er ist zu sehr damit beschäftigt, dem Leser zu erklären, warum er die Arbeitsstellen gewechselt hat. Seine konkreten beruflichen Qualifikationen kommen dabei viel zu kurz. Erst im Abschnitt Berufserfahrung geht er ganz kurz auf seine Kenntnisse ein, die er aber leider unstrukturiert darstellt. Berufserfahrung und EDV-Kenntnisse gehören unter gesonderte Rubriken.

Fazit

–

Unstrukturiert, unübersichtlich und lückenhaft! Selbst die Unterschrift samt Ort und Datum fehlen am Schluss. Diesem Bewerber kann man nur empfehlen, sich nochmals mit dem Sinn und Zweck eines Lebenslaufs auseinanderzusetzen. Mit der jetzigen Form ist ihm eine Absage garantiert – und das, obwohl er durchaus über die fachlichen Qualifikationen verfügen mag.

Kommentiertes Musterbeispiel

Lebenslauf einer Akademikerin mit Berufserfahrung

LEBENSLAUF 1

Persönliche Daten:		
Name:	Claudia Schäfer	
Anschrift:	Spitzweg 20 80223 München Tel. 0 89/88 77 66 44	
Geburtsdatum:	15. April 1964	
Familienstand:	ledig	
Schulbildung:		
Aug. 1970–Juli 1974	Besuch der Bürgermeister Wendel-Grundschule in Duisburg-Homberg	2
Aug. 1974–Mai 1984	Besuch des Franz-Haniel-Gymnasiums in Duisburg-Homberg Abschluss: Allgemeine Hochschulreife	
Soziales Jahr	Okt. 1984–Sept. 1985 Entwicklungshilfe in Somalia	
Beruflicher Werdegang:		
Sept. 1985–Okt. 1988	Studium an der Universität/Gesamthochschule Duisburg: Fachrichtung Betriebswirtschaftslehre	3
Nov. 1988–Nov. 1990	Umschulung zum staatl. geprüften Betriebsinformatiker einschließlich eines 8-monatigen Praktikums Abschluss: staatlich geprüfter Betriebsinformatiker	
seit Dez. 1990	Tätigkeit als Manager Netzwerk & Kommunikation	
Fremdsprachenkenntnisse:	Englisch (7 Jahre)	4
Weiterbildung:		5
01.06.92–05.06.92:	SCO UNIX System V/386 – Introduction and Basic System Administration	
22.03.93–26.03.93:	IBM AS/400 Systemsteuerung I	
22.06.93–23.06.93:	erfolgreiches Netzwerkmanagement	
20.07.93–23.07.93:	IBM AS/400 PC u. PS/2 Support mit DOS	
24.11.93–26.11.93:	Netzwerke mit TCP/IP	
21.02.94–25.02.94:	CLP/400 – Steuersprachenprogrammierung	
21.03.94–25.03.94:	AS/400 – Systemsteuerung II	
25.04.94–29.04.94:	AS/400 – Datenverarbeitung zu AS/00	
08.02.95:	Vergleich über das Betriebssystem UNIX und deren Derivate HP-UX und AIX	
08.05.95–12.05.95:	UNIX/AIX Grundlagen	
29.05.95–02.06.95:	AIX Systemadministration	
31.07.05–04.08.95:	AIX Connectivity im UNIX Umfeld Bereich NetWare	
30.10.95–31.10.95:	NetWare 4.1 NDS Design	
19.03.96–20.03.96:	AS/400 – Version 3 Release 1. und 6. Neuerungen	
08.09.97–12.09.97:	Network Management with Optivity Enterprise for UNIX	
24.08.97–28.08.97:	Administering Microsoft Windows NT 4.0	
08.06.98–10.06.98:	Workshop OS/400 Erweiterungen Version 4	

Kommentare

1

Formal +

Ein dickes Plus: Hier gibt es formal (fast) nichts auszusetzen. Die Bewerberin hat in chronologischer Aufzählung alle wichtigen Bestandteile eines Lebenslaufs aufgelistet und diese übersichtlich in Sachgruppen dargestellt. Allerdings stechen die Weiterbildungsmaßnahmen zu sehr ins Auge. Es wäre besser gewesen, diese gesondert auf einem Beiblatt aufzuführen. Und: Es fehlt die handschriftliche Unterschrift mit Ort und Datum.

2

Persönliche Daten +

Adresse samt Angabe der Telefonnummer, Geburtsdatum und Familienstand. Perfekt? Nein, eine kleine Lücke tut sich auf, denn die Bewerberin hat den Geburtsort vergessen.

3

Ausbildung +

Schulische wie auch berufliche Ausbildung wurden in chronologischer Reihenfolge mit genauer Angabe von Monat und Jahr aufgelistet. Dennoch bleiben Fragen: Hat die Bewerberin einen Universitätsabschluss? Wo hat sie sich umschulen lassen und welche Tätigkeitsfelder umfasste ihr Praktikum? Hier sollte die Bewerberin mehr ins Detail gehen.

4

Berufstätigkeit -

Seit Dezember 1990 steht Claudia Schäfer im Berufsleben und dennoch äußert sie sich mit keinem Wort zu ihren einzelnen Arbeitsgebieten und Qualifikationen. Schade, denn genau das wäre für den Leser von Interesse.

5

Weiterbildung -

Weniger ist oft mehr. Viele Kurse sind keine Garantie für Qualifikation. Negativ eingestellte Leser könnten darin auch mangelnde Kenntnisse vermuten, sodass das Unternehmen der Bewerberin mit Seminaren auf die Beine helfen musste. Das heißt jedoch nicht, dass sie ihre Seminare verschweigen sollte. Sie sollte allerdings ihre Kenntnisse expliziter erläutern, beispielsweise Expertenkenntnisse in AS/400 und UNIX, gute Kenntnisse in OS/400.

Fazit +

Sieht man von formalen und inhaltlichen Details ab, kann man von einem durchaus gelungenen Lebenslauf sprechen. Trotzdem: Die Gewichtung liegt zu sehr auf den Weiterbildungsmaßnahmen, während die Berufspraxis zu kurz kommt. Durch konkrete Fakten zu einzelnen Tätigkeitsfeldern und dem Qualifikationsprofil bekäme der Lebenslauf mehr Aussagekraft.

Kommentiertes Musterbeispiel

Lebenslauf eines Akademikers ohne Berufserfahrung

1

Lebenslauf

Persönliche Angaben:

Name:	Arne Maier 2
Geburtsort:	Hamburg
Geburtstag:	03. 03. 1973
Familienstand:	ledig, keine Kinder
Eltern:	Margit Franke: Erzieherin Horst Franke: Lehrer

Schulbildung: 3

1979–1983	Grundschule in Hamburg
1983–1993	Gymnasium Buckhorn, Hamburg, Abitur
1993–1994	Zivildienst 4

Ausbildung:

Aug. 1994–Sept.1999	Studium der Betriebswirtschaftslehre an der Universität Bayreuth Diplom Kaufmann 5
Ausbildungsschwerpunkte:	Internationales Marketing, Finanz- und Rechnungswesen, Personal

Praktika:

April 1998–Juni 1998	Canadian German Chamber of Industry and Commerce INC., Vancouver, Kanada
April 1997–Juni 1997	Bayerische Vereinsbank AG München 6
Juli 1996–Sept. 1996	ISOLA Werke UK Ltd., Cumbernauld, Schottland

Studienbegleitende Tätigkeiten:	Merck KGaA Studentische Hilfskraft am Lehrstuhl Finanzen, Universität Bayreuth
Auslandserfahrung:	Einmonatiger Sprachaufenthalt in New Jersey, USA Mehrwöchige Reisen nach Estland, Lettland, Litauen
Sprachkenntnisse:	Englisch, Französisch, Spanisch, Italienisch 7
Zusatzqualifikationen:	MS Office (PowerPoint, Excel, Word) Turbo Pascal und Question
Lehrgänge:	Seminar zur Gesprächs- und Verhandlungsführung IHK-Prüfung zum Ausbilder
Interessen:	Reisen, Radfahren, Uhren, Theater, Schach, Politik, Aktienhandel, Weinbau, Opern

Hamburg, den 21. Oktober 1999

Arne Maier

Kommentare

1

Formal

+

Perfekt! Ein sehr übersichtlich und nach Sachgruppen geordneter Lebenslauf. Der Leser kann sich ohne Probleme schnell einen Überblick verschaffen.

2

Persönliche Daten

–

Übersichtlich und gut strukturiert, aber nicht ganz vollständig. Die Adresse des Bewerbers fehlt. Auch hätte Arne Maier auf die Angabe der Eltern verzichten können.

3

Schulausbildung

+

Wiederum vollständig und übersichtlich. Generell sollte jedoch ein einheitliches Format bei der Datumsangabe gewählt werden, vorzugsweise M/J–M/J.

4

Wehr-/Zivildienst

–

Schön wäre es gewesen, wenn Arne Maier aufgeführt hätte, wo er den Zivildienst geleistet hat und was genau seine Aufgaben waren. Wehr- und Zivildienst ist übrigens eine eigene Rubrik im Lebenslauf.

5

Studium

+/–

Offensichtlich hat der Bewerber sein Studium abgeschlossen. Neben der Angabe seines Abschlusses hätten Informationen zu Abschlussnoten und Diplomarbeitsthema das Bild abgerundet.

6

Praktika

–

Übersichtlich und vollständig, aber wenig aussagekräftig. Es fehlen genauere Angaben zu den Schwerpunkten.

7

Sprachkenntnisse

–

Eine Aufzählung der Sprachen alleine genügt nicht, schon gar nicht bei Hochschulabsolventen. Die Firmen möchten den genauen Stand der Dinge wissen, beispielsweise sehr gute Kenntnisse in Wort und Schrift.

Fazit

+

Ein perfekter Lebenslauf – zumindest auf den ersten Blick. In der ersten Auswahlrunde würde der Bewerber sicherlich bestehen. In der zweiten entscheidenden Runde allerdings schauen die Personalverantwortlichen genauer hin. Folgende Fragen werden sich ihnen dann zwangsläufig stellen: „Was hat der Bewerber genau gemacht?“ und „Welches sind seine Qualifikationen?“ Die Aufzählung von Praktika genügt nicht. Wo steht, dass er inhaltlich wirklich etwas geleistet hat? In den Zeugnissen findet man diese Informationen sicherlich. Aber kaum ein Personalchef wird sich die Mühe machen, diese Informationen mühsam aus den Zeugnissen herauszufiltern. Diese Fakten müssen aus dem Lebenslauf erkennbar sein.

Im Anhang – Die Anlagen

Belegen Sie alle Fakten im Lebenslauf mit Zeugnissen

Unter Anlagen versteht man nicht nur den Lebenslauf und die Zeugnisse, sondern auch Arbeitsproben und Referenzen. Alle Unterlagen in den Anlagen ergänzen, präzisieren und bestätigen die in Ihrem Lebenslauf enthaltenen Angaben. Legen Sie also nichts bei, was nicht auch im Lebenslauf erwähnt ist, und vergessen Sie nicht die Fakten, die Sie im Lebenslauf genannt haben, mit Zeugnissen zu belegen. Sollte ein Zeugnis fehlen, hat es sich als hilfreich erwiesen, im Lebenslauf darauf hinzuweisen oder an Stelle des Zeugnisses ein Extrablatt beizufügen mit dem Hinweis, dass dieses nachgereicht wird. So weiß der Personalverantwortliche, dass Sie nichts verbergen wollen, denn genau das würde er Ihnen sonst unterstellen.

Übrigens, es ist nicht notwendig, Zeugnisse beglaubigen zu lassen. Eine Kopie genügt voll und ganz. Es sei denn, von einem Unternehmen werden ausdrücklich beglaubigte Zeugnisse verlangt.

Unser Tipp:

Korrigieren Sie niemals eigenmächtig Zeugnisse oder erstellen Sie sie gar selbst. Verwenden Sie auch keine korrigierten Zeugnisse. Es wird Ihnen niemand glauben, dass nicht Sie die Änderungen vorgenommen haben. Wenn es sich vermeiden lässt, sollten Sie Ihrer Bewerbung möglichst auch keine Zeugnisse, die von Verwandten erstellt wurden, beilegen. Der Personalleiter könnte sonst annehmen, die gute Beurteilung sei auf die familiären Bande zurückzuführen.

Zum guten Schluss – Die richtige Verpackung

Der Gesamteindruck ist entscheidend

So, das Anschreiben und der Lebenslauf sind erstellt und nochmals auf die wichtigsten Punkte hin überprüft worden, das Foto entsprechend der Position ausgewählt, die Zeugnisse komplett. Jetzt müssen Sie Ihre Bewerbung nur noch in einen Umschlag stecken und ab geht die Post. Stopp! Ganz so einfach ist es dann doch nicht. Schließlich nimmt sich ein Personalverantwortlicher durchschnittlich 30 Sekunden Zeit, um Ihre Bewerbung zu sichten. Der Gesamteindruck, den er in dieser kurzen Zeitspanne gewinnt, ist entscheidend.

Was Sie auf jeden Fall vermeiden sollten:

Die häufigsten Fehler bei der Präsentation

- Lose Blattsammlungen:
  Die Gefahr, dass wichtige Dokumente verloren gehen, ist groß.
- Aufwendige Bewerbungsmappen:
  Eine einfache Klemmmappe tut es auch. Aufwendige Mappen sind nicht nur teuer, sie sind meist auch recht unpraktisch in der Handhabung.
- Aufdringliche Farben:
  Wählen Sie für Ihre Mappe neutrale Farben. Unternehmen wie Banken bevorzugen immer noch die unauffällige Variante in Blau. Farben wie Rot, Braun oder auch Schwarz sollten vermieden werden.
- Klarsichthüllen:
  Früher war es üblich, jedes einzelne Blatt in eine separate Klarsichthülle zu stecken. Schon allein aus Umweltschutzgründen sollten Sie darauf verzichten. Außerdem erschwert es ein schnelles Kopieren der Unterlagen.
- Abheften des Anschreibens:
  Legen Sie das Anschreiben lose obenauf.
- Mehrfachverwendung von Bewerbungsmappen:
  Man sieht es den Mappen meist an, wenn Sie mehrfach verwendet wurden. Sie sind abgegriffen, geknickt, manchmal schmutzig und unansehnlich.
- Preisetiketten auf der Mappe:
  Sie werden lachen, aber die Erfahrung lehrt, dass Bewerber das Etikett auf ihrer Mappe häufig übersehen.

Je übersichtlicher, desto besser

Dem Einfallsreichtum von Bewerbern scheint keine Grenze gesetzt. Von der losen Blattsammlung über die Bewerbung in Form einer Zeitschrift bis hin zum selbst gemachten Kreuzworträtsel oder der Bewerbung auf Multimedia-CD-ROM ist alles vorzufinden. Denken Sie bei aller Ideenfüllen aber daran: Je einfacher und schneller die Personalverantwortlichen Ihre Bewerbungsmappe durchblättern können, desto besser. Das heißt nicht, dass Sie Ihre Kreativität im Keim ersticken müssen. Schon oft hat manch extravagante Mappe zu einem spontanen Gespräch geführt.

Noch ein paar abschließende Worte zur Bewerbungsmappe: Mit dem Herausnehmen der Bewerbungsmappe beschränkt sich der erste Eindruck nicht nur auf die optischen Sinne, sondern auch auf den Geruchssinn. Es soll sogar Personalverantwortliche geben, die an Bewerbungsunterlagen schnuppern. Achten Sie also darauf, penetrante Düfte zu vermeiden. Essensgerüche, Rauch und Parfüm haben „an“ einer Bewerbung nichts zu suchen.

Fehler, die Sie vermeiden sollten

10 goldene Regeln für die erfolgreiche schriftliche Bewerbung

1. Vermeiden Sie Standardmappen, Serienbriefe und Einheitslebensläufe.
2. Stimmen Sie das Anschreiben auf den Adressaten ab und schreiben Sie keine Romane. Bei der Flut von Bewerbungen bleiben Personalverantwortlichen nur wenige Minuten, um sich einen ersten Eindruck zu verschaffen.
3. Stellen Sie im Text die Vorteile und den Nutzen Ihrer Mitarbeit für die Firma dar. Verzichten Sie aber darauf, den Nutzen des Unternehmens für Ihre Karriere zu erläutern oder gar dem Personalleiter das Unternehmen zu präsentieren. Er kennt den Betrieb besser als Sie.
4. Nehmen Sie die Anzeige wörtlich, wenn Sie sich auf ein Stellenangebot hin bewerben. Achten Sie darauf, dass sich Ihre Qualifikationen mit dem Anforderungsprofil des Unternehmens decken. So beugen Sie zwangsläufig Absagen vor und sparen sich viel Mühe und Enttäuschungen.
5. Ordnen Sie Ihren Lebenslauf chronologisch nach Sachgruppen (Schulbildung, Berufsausbildung etc.). Bewerber, die schon etliche Praktika durchlaufen haben oder auf mehrere Jahre Berufserfahrung zurückblicken, sollten die umgekehrte Reihenfolge wählen: Den Personalexperten interessiert zuerst, was Sie zuletzt gemacht haben.
6. Ordnen Sie die beigefügten Belege in der Reihenfolge an, wie sie im Lebenslauf aufgeführt wurden. Achten Sie auf die Vollständigkeit: Fehlende Zeugnisse erwecken den Eindruck, der Bewerber habe etwas zu verbergen.
7. Legen Sie nur Praktikumsbelege bei, aus denen hervorgeht, welche Tätigkeiten Sie ausgeführt haben. Es ist ein Unterschied, ob die Erfahrung für die ausgeschriebene Position von Nutzen ist oder eher einer Ferientätigkeit entspricht.

8. Verwenden Sie nur Bewerbungsfotos aktuellen Datums. Ihr Erscheinungsbild sollte der Position entsprechend angemessen sein. Führungskräfte, auch angehende, tragen beispielsweise in den seltensten Fällen Jeans, Sweatshirts oder Lederjacken.
9. Vermeiden Sie unpraktische Mappen.
10. Verwenden Sie keine Klarsichthüllen.

Todsünden bei der schriftlichen Bewerbung

Ein Eselsohr oder ein fehlendes Zeugnis mag unter Umständen vielleicht noch angehen. Welche Fettnäpfchen Ihnen aber auf keinen Fall verziehen werden, erfahren Sie in der folgenden Übersicht:

▪ Falscher Adressat und falsche Anrede

Die moderne Bürokommunikation macht die Erstellung von Serienbriefen möglich. Wenn allerdings ein neuer Adressat eingetragen wird, die alte Anrede und womöglich noch die Betreffzeile für die Position des vorherigen Unternehmens unverändert bestehen bleiben, erhalten Sie die Unterlagen wahrscheinlich schneller zurück, als Ihnen lieb ist.

▪ Die falsche Bewerbung im richtigen Umschlag

Der Personalleiter öffnet den Umschlag und findet eine Bewerbung für ein ganz anderes Unternehmen vor. Der Grund: Der Bewerber hat seine kompletten Unterlagen in den falschen Briefumschlag gesteckt. Peinlich!

▪ Zweideutige Bemerkungen im Anschreiben:

Ein Beispiel: Für die Position eines Verkäufers erhielten wir die Bewerbung einer jungen Dame, die ganz offensichtlich davon überzeugt war, ihre Bewerbung würde durch den Ansprechpartner in der Anzeige gesichtet werden. Als Anzeigenverkäuferin für ein erotisch angehauchtes Magazin warb sie für sich mit zweideutigen Anmerkungen und einem in rot geschriebenen Anschreiben. Die Kollegin, die die Unterlagen bearbeitete, war wenig begeistert und erteilte der Bewerberin eine Absage.

▪ Eigenmächtige Korrekturen in Zeugnisse

Zeugnisse nachträglich zu korrigieren ist ein absolutes Tabu.

Extra – Die Online-Bewerbung

Wussten Sie, dass sich Friseure bereits im Internet bewerben können und die Polizei online Bewerbungsinfos versendet? Nein? Dann sollten Sie einmal im Internet surfen und sich informieren. Schließlich ist die Online-Bewerbung bzw. Jobsuche im Internet nicht nur eingefleischten EDV-Nutzern oder Hochschulabsolventen vorbehalten. Sicherlich dominieren die Anzeigen für Akademiker den Stellenmarkt im World Wide Web, aber auch die klassischen Ausbildungsberufe sind im Kommen. Immer mehr Unternehmen gehen dazu über, sich nicht nur im Internet zu präsentieren, sondern sich dort auch als Arbeitgeber darzustellen. Neben wichtigen Informationen zum Unternehmen selbst finden Sie Stellenangebote in Hülle und Fülle.
Doch die Frage, die sich natürlich aufdrängt, lautet: Wie Erfolg versprechend ist die Suche im Netz? Und noch viel wichtiger: Wie erfolgreich ist eine Online-Bewerbung?

Die Internet-Bewerbung auf dem Vormarsch

Grundsätzlich sind Firmen Online-Bewerbungen gegenüber äußerst aufgeschlossen. Tobias Landsiedel vom Lako-Friseursalon in Hamburg beispielsweise sieht darin eine neue Form der Bewerberansprache. Einzig Minderjährige, also Auszubildende, sollten von einer Bewerbung im Netz absehen. „Bei Minderjährigen sind Online-Bewerbungen wegen fehlender Elternunterschriften noch kritisch, für Erwachsene ist diese Form der Bewerbung in Ordnung", so Bernhard Hofer von der BMW AG, Leiter der Berufsausbildung am Standort München.
Akzeptanz durch die Unternehmen ist die eine, die Bearbeitung der Bewerbung die andere Seite. Interessanterweise hat die AXIS-Personal- und Organisations-

beratung aus Düsseldorf in einer Studie zum Thema Online-Bewerbungen festgestellt, dass die meisten Bewerbungen im Nichts versacken. Untersucht wurden die 500 größten Unternehmen in Deutschland sowie 192 Unternehmen der IT-Branche. AXIS hat dabei ganz bewusst die in den Homepages der Unternehmen angegebenen Kontakt-E-Mail-Adressen für die Bewerbung angeschrieben, auch wenn es sich bei diesen um allgemeine Adressen wie beispielsweise „personal@unternehmen.de" handelte. Ergebnis: In 73 Prozent aller Fälle bekamen die Tester von AXIS keine Reaktion auf ihre Bewerbung, innerhalb von zwei Wochen nicht einmal eine Eingangsbestätigung. Bei weiteren fünf Prozent der Versuche war die angebotene E-Mail-Funktion nicht intakt und die Bewerbung kam zurück.

Viele Online-Bewerbungen versacken im Nichts

Grund für dieses Defizit: Die Bearbeitung von Bewerbungen via E-Mail, die nicht an eine bestimmte Person gerichtet sind, sondern an eine Abteilung, sind offensichtlich noch nicht in den organisatorischen Ablauf der Unternehmen integriert. Zwar sind alle Mitarbeiter theoretisch dafür zuständig, verantwortlich fühlt sich jedoch keiner.

„E-Mail-Bewerbungen dienen bei den meisten Unternehmen immer noch als Türöffner. Ein schnelles Medium, um mit dem Unternehmen in Kontakt zu treten. Empfehlenswert ist es jedoch, mit einer schriftlichen Bewerbung nachzufassen", so Dieter Möllhoff, Geschäftsführer der AXIS-Personalberatung, Düsseldorf. Die besten Aussichten haben Sie, wenn Sie Ihre Online-Bewerbung direkt an den entsprechenden Ansprechpartner schicken können.

Form und Inhalt

Bevor wir die formalen und inhaltlichen Besonderheiten der Internet-Bewerbung unter die Lupe nehmen, eine grundsätzliche Anmerkung vorab: Falls Sie sich für die Online-Variante entscheiden, sollten Sie zunächst prüfen, welche Art der Kontaktaufnahme Ihr Traumunternehmen bevorzugt. Meist verraten dies die firmeneigenen Stellenangebote im Netz.

Grundsätzliche Frage: Welche Art der Kontaktaufnahme wünscht das Unternehmen?

Obwohl viele Unternehmen neben den Printanzeigen Inserate im Internet schalten – sei es in Jobbörsen oder auf der eigenen Homepage –, wird die klassische schriftliche Bewerbung immer noch am liebsten gesehen. Bertelsmann beispielsweise bietet für Auszubildende umfangreiche Informationen im Netz an, bittet aber um schriftliche Bewerbungen auf dem Postweg. Die E-Mail-Adressen stehen ausschließlich für Fragen und weitere Informationen zum Thema Ausbildung zur Verfügung. Ist gar keine E-Mail-Adresse angegeben, auch das kommt im Internet häufig vor, so ist dies eine klare Botschaft: Bewerben Sie sich auf keinen Fall online. Stellt das Unternehmen dagegen Fragebögen oder standardisierte Formulare ins Netz, so wird erwartet, dass der Bewerber diese auch nutzt. Erkundigen Sie sich in jedem Fall vorab, ob eine Online-Bewerbung erwünscht ist und in welcher Form.

Absender

Anders als bei der klassischen schriftlichen Bewerbung, in der der Absender im Briefkopf des Anschreibens und unter „Persönliche Daten" im Lebenslauf auf Anhieb erkennbar ist, gibt es für die Online-Bewerbung keine Vorschriften. Dennoch hat der Empfänger ein Recht zu erfahren, wer ihm elektronische Post geschickt hat, denn nicht immer ist die E-Mail-Adresse eindeutig.

Für gewöhnlich werden E-Mails per E-Mail beantwortet. Seltener greift man zum Telefonhörer oder wählt den Weg über Fax oder Briefpost. Prinzipiell genügt also die Angabe Ihrer E-Mail-Adresse. Trotzdem ist es empfehlenswert, die komplette Adresse samt Telefonnummer anzuhängen, zumindest aber den kompletten Namen, die Telefonnummer und zur Sicherheit nochmals die E-Mail-Adresse. Haben Sie ein Anschreiben angehängt, das den Standards der schriftlichen Bewerbung entspricht und demnach die Adresse beinhaltet, können Sie selbstverständlich auf die erneute Eingabe Ihrer Adresse in der E-Mail verzichten.

Empfehlenswert: Hängen Sie die komplette Adresse an

Unser Tipp:

Im Rahmen einer Online-Bewerbung sollten Sie möglichst keine E-Mails vom Computer Ihres derzeitigen Arbeitgebers aus versenden. Bedenken Sie auch, dass die Firmen-Korrespondenz nicht dem Verfasser gehört – darunter fallen ebenfalls E-Mails. Wenn Ihr aktueller Arbeitgeber Wind von der Sache bekommt, kann es im schlimmsten Fall zu einer Kündigung kommen.

Empfänger

Wie bei den Absenderangaben gibt es bei der Online-Bewerbung keine Vorschriften für den Empfänger. Daten wie Firma, Abteilung, Name, Straße und Ort entfallen, da jede E-Mail-Adresse eindeutig zuzuordnen ist und vollkommen ausreicht, um das gewünschte Ziel zu erreichen.

Stellenanzeigen enthalten im Normalfall einen Ansprechpartner und entsprechend eine konkrete E-Mail-Adresse wie „Personalleiter@unternehmen.de“. Adressen wie „info@unternehmen.de“, „webmistress@unternehmen.de“ oder „webmaster@unternehmen.de“, ja selbst „personalabteilung@unternehmen.de“ sind in der Regel Sammeladressen und entsprechend anonym. Eingehende E-Mails werden – günstigstenfalls – intern weitergeleitet. Leider erfahren Sie nicht, an wen. Schicken Sie eine elektronische Bewerbung niemals ins Blaue, sondern an eine konkrete Person. Wenn Sie sich nicht ganz sicher sind, fragen Sie vorsichtshalber im Unternehmen nach.

Niemals ins Blaue schicken

Cc- bzw. Bcc-Felder

Cc-Felder – „Cc“ steht für „copy carbon“ – verwenden Sie immer dann, wenn Sie Ihre Nachricht an unterschiedliche Empfänger schicken. Den gleichen Effekt erreichen Sie natürlich auch, wenn Sie mehrere E-Mail-Adressen im Feld „Empfänger“ eingeben. Bcc-Felder – „Bcc“ bedeutet „blind copy carbon“ – dienen dem gleichen Zweck, mit dem Unterschied, dass der Verteiler für den Empfänger unsichtbar bleibt.
Grundsätzlich sind beide Felder, „Cc“ und „Bcc“, für Bewerbungszwecke absolute „Don'ts“. Bewerbungen sollten immer an einen bestimmten Ansprechpartner adressiert und entsprechend individuell formuliert werden.

Betreff

Wie beim schriftlichen Anschreiben sagt der Betreff, aus welchem Grund Sie eine E-Mail versenden. Geben Sie dem Empfänger die Chance, in der Flut der elektronischen Post auf Anhieb zu erkennen, worum es in Ihrem E-Mail geht. Begriffe wie „Bewerbung“ oder „Bewerbung um die Stelle des Sales Managers“ helfen Ihrem Ansprechpartner, Sie umgehend richtig einzuordnen.

Immer einen aussagekräftigen Betreff angeben

Datum

Jede elektronische Mail erhält automatisch einen Datumsstempel. Sie brauchen das Datum Ihrer E-Mail also nicht gesondert anzugeben.

Inhalt

Ob Sie nur kurz auf sich aufmerksam machen und auf Anlagen – so genannte „Attachments“ – verweisen oder Ihre E-Mail selbst als Anschreiben formulieren: Halten Sie sich immer vor Augen, dass sich die Online-Bewerbung inhaltlich nicht von der klassischen schriftlichen Bewerbung unterscheidet.

Bei der Formulierung der Kurzanfrage oder der Bewerbung sollten Sie folgende Punkte beachten:

Checkliste

- ☑ Informieren Sie sich – wie bei der klassischen schriftlichen Bewerbung auch – umfassend über Ihr Wunschunternehmen. Es bietet sich an, das Internet für Ihre Recherche zu nutzen.
- ☑ In der Kürze liegt die Würze: Schreiben Sie also keine Romane. Sich so kurz wie möglich zu fassen, heißt aber nicht, dass Sie den Text mit möglichst kleiner Schrift und Fließtext erstellen sollen. Verwenden Sie stets eine ausreichend große Standardschrift und fügen Sie Absätze ein, damit der Leser Ihren Text mühelos überfliegen kann.
- ☑ Achten Sie auf Ihren Sprachstil. Umgangssprache, eine flapsige Ausdrucksweise und User-Jargon haben auch in einer Online-Bewerbung überhaupt nichts verloren.
- ☑ Vermeiden Sie Tipp- und Flüchtigkeitsfehler. Erstellen Sie das Anschreiben am besten in Word und kopieren Sie den Text anschließend in das Eingabefenster des E-Mail-Programms.
- ☑ Lassen Sie Ihre Texte gegenlesen.
- ☑ Beenden Sie Ihre E-Mail wie das schriftliche Anschreiben mit einer Grußformel und Ihrem Namen. Vergessen Sie nicht, nochmals Ihre E-Mail-Adresse und ggf. eine Telefonnummer aufzuführen, unter der Sie zu erreichen sind.

Anlagen (Attachments)

Es ist Ihre Entscheidung, ob Sie Ihr Anschreiben als Anlage mitliefern oder gleich in die E-Mail einfügen. Der Lebenslauf dagegen sollte grundsätzlich als Anlage versandt werden. Verwenden Sie bei der Erstellung Ihrer Dokumente die heute gängigen Formate wie „*.txt“ oder „*.doc“. Für unkomplizierte Text-

Auf Nummer sicher gehen

Unser Tipp:

Bei Ihren allerersten E-Mail-Versuchen sollten Sie auf Nummer sicher gehen. Versenden Sie Ihre Bewerbung vorab testweise an eine Person Ihres Vertrauens oder an sich selbst, um sich zu vergewissern, dass Ihre E-Mail lesbar ankommt und die Anlagen zu öffnen sind. Erst wenn alles reibungslos läuft, sollten Sie sich an Ihr Traumunternehmen wenden.

dokumente empfiehlt sich auch das Rich Text Format (*.rtf), das in alle herkömmlichen Textverarbeitungssysteme konvertiert werden kann. Ihr Anhang sollte einen bestimmten Umfang nicht überschreiten. Die maximale Größe einer E-Mail beträgt 500 KB, das sind etwa 20 Seiten einschließlich Zeugnisse und Fotos. Nur wenige Personalverantwortliche erwarten komplette Unterlagen online: Ein Anschreiben sowie der Lebenslauf genügen meist vollkommen. Bei der Erstellung der Anlagen sollten Sie auch bedenken, dass Ihr potenzieller Arbeitgeber die Dateien ausdruckt, um sie leichter lesen zu können und sich ggf. Notizen zu machen. In den meisten Fällen leidet dann das Layout.

Die eigene Homepage

Der Expertenbeitrag von Christian Witschel, Student der Wirtschaftsinformatik an der Privaten Fachhochschule Göttingen

Um so flexibel wie möglich nach einer erfolgreichen Kontaktaufnahme mit einem Unternehmen reagieren zu können, habe ich unter anderem eine virtuelle Bewerbungsmappe angelegt. Bei einer Bewerbung über das Internet weise ich ausdrücklich auf diese Online-Bewerbung hin, damit ein erster Eindruck entstehen kann, da das Verschicken der Mappe einige Zeit in Anspruch nimmt. Die Erfahrungen, die ich mit dieser Form der Bewerbung gemacht habe, sind unterschiedlich. Einige Firmen ignorieren meine virtuelle Bewerbungsmappe völlig. Von denen, die sie gesehen haben, erhalte ich allgemein ein gutes Feedback. Da ich als Student der Wirtschaftsinformatik nach einer Tätigkeit suche, die eine Schnittstelle zwischen Betriebswirtschaft und Informatik bildet, ist die virtuelle Bewerbungsmappe auch immer eine gute Möglichkeit, zu testen, wie hoch der allgemeine Durchdringungsgrad der Informationsverarbeitung in diesem oder jenem Unternehmen ist.
Es gibt kein Argument gegen die Nutzung des Internet als Präsentationsmedium für eine Bewerbung. Im Gegenteil, dies war der ursprüngliche Sinn des Internet: die Verteilung von Informationen und deren Präsentation. Die Kosten, die für die Anfertigung und den Betrieb einer Internetbewerbung anfallen, sind heute minimal und der Autor beweist zugleich Zeitgeist. Wenn in regelmäßigen Abständen etwas Zeit und Arbeit in die Seite gesteckt wird, dann lohnt sich der Einsatz.

Worauf Sie achten sollten

Weniger ist oft mehr

Manchmal ist weniger auch mehr: Ihre Homepage sollte auf keinen Fall überladen sein. Zu viele Bilder, aufwendige Grafiken und Sound – kurz: Alles, was den Ladevorgang unnötig verlängert, sollte sich in Grenzen halten. Bedenken

Sie auch, was Sie mit Ihrer Web-Präsentation bezwecken wollen. Wollen Sie dem Unternehmen mittels der Gestaltung Ihre Kreativität unter Beweis stellen? Sollen Ihre Programmierfähigkeiten durch die verwendete Technik hervorgehoben werden oder wollen Sie sich primär auf den Inhalt - sprich, Ihre Qualifikationen - konzentrieren? Nicht zuletzt sollte die Webseite zu dem Unternehmen passen, das angesprochen werden soll. Das kann darauf hinauslaufen, dass Sie zwei Bewerbungsmappen parallel im Internet betreiben, falls Sie sich bei sehr unterschiedlichen Unternehmen bewerben.

Voraussetzungen für die Erstellung einer Homepage

Um Ihre Bewerbung auf einer Seite im Internet darzustellen, benötigen Sie Folgendes:

Checkliste

- ☑ einen Zugang zum Internet, z. B. über T-Online oder eine Hochschule;
- ☑ Webspace, also Speicherplatz auf einem Computer, der permanent mit dem Internet verbunden ist. Entweder stellt Ihnen Ihr ISP (Internet Service Provider) diesen zur Verfügung oder Sie beantragen kostenlosen Webspace bei einer Internet Community, z. B. unter der Adresse http://www.fortunecity.com
- ☑ elementare Kenntnisse über die Funktionsweise der Internetsprache HTML, etwa durch spezielle Handbücher für Einsteiger - empfehlenswert ist beispielsweise „Selfhtml" unter der Adresse http://www.netzwelt.com/selfhtml/
- ☑ ein Programm zur Erstellung von Internetseiten. Es gibt diverse Homepage-Editoren auch als Shareware oder eine 30-Tage-Versuchsversion, die in der Regel mehr als ausreichend ist. Empfehlenswert ist der Editor „HoTMetaL light", der wie bei modernen Textverarbeitungsprogrammen nach dem WYSIWYG-Verfahren („What You See Is What You Get") arbeitet;
- ☑ ein Programm, um Ihre Bewerbungsmappe in Ihren Webspace zu kopieren, beispielsweise den „Webpublishing Assistant" von Microsoft. Generell stellt Ihnen dieses Programm auch Ihr ISP zur Verfügung. Auf der Homepage von T-Online etwa kann das Softwarepaket „HP-Tools" heruntergeladen werden, das ein solches Programm enthält.

Um eine Bewerbungsmappe zu erstellen, sollten Sie zunächst zu Papier und Bleistift greifen und eine Skizze anfertigen, wie Ihre Online-Bewerbung konkret aussehen soll. Die beste Quelle für Anregungen ist natürlich das Internet selbst. Surfen Sie einfach eine Zeit lang durch das Internet und Sie finden fast automatisch ansprechende Elemente auf anderen Home- oder Firmenpages, die Sie ebenfalls verwenden möchten.

Falls Sie nicht wissen, wie der eine oder andere Effekt erzeugt wurde, kein Problem: Indem Sie in Ihrem Browser (Internet Explorer) im Menü „Ansicht" die Option „Quelltext" anwählen, öffnet sich automatisch ein Text-Editor mit dem Quelltext der jeweiligen Seite. Speichern Sie diesen Text in einer eigenen Datei auf Ihrem Computer ab und öffnen Sie diesen anschließend mit Ihrem HTML-Editor.

Bewahren Sie den Überblick

Um den Überblick zu wahren, empfiehlt es sich, alle Bilder, Grafiken und Texte einer Online-Bewerbung in ein separates Verzeichnis zu kopieren. Diese Vorgehensweise zahlt sich vor allem beim späteren Kopieren der Dateien in Ihren Webspace aus. Des Weiteren sollten Sie darauf achten, dass die verwendeten Bilder eine Datenmenge von maximal 100 KB nicht überschreiten. Sie wollen doch nicht, dass der Betrachter aufgrund der langen Ladezeit die Nerven verliert und vorzeitig wieder aussteigt.
Sollten Ihre eingescannten Bilder, z. B. Fotos oder Zeugnisse, zu umfangreich sein, dann stehen Ihnen zwei Möglichkeiten zur Verfügung: Sie können das Bild entweder in ein JPG- oder GIF-Format konvertieren, indem Sie es mit einem handelsüblichen Bildbearbeitungsprogramm wie „Corel" oder „Photoshop" unter dem neuen Format abspeichern. Oder Sie verkleinern das Bild, indem Sie die Höhe und Breite ändern. Für Benutzer des Office Pakets (ab Version 97) von Microsoft empfiehlt es sich, eine PowerPoint-Präsentation oder ein Word-Dokument anzulegen und dieses dann als HTML zu speichern.
Bei konkreten Fragen können Sie sich auch direkt an mich wenden: mailto:Fragen@Witschel-online.de

Die häufigsten Fehler bei der Online-Bewerbung

„Na dann", werden Sie sagen, „ran an den Computer, die eigene Homepage kreiert, eine E-Mail an den Wunscharbeitgeber formuliert, den Hinweis an die Homepage dazu – und der Job ist mein." Ganz so einfach ist es leider nicht. Zu oft übersehen Bewerber bei ihrer Online-Bewerbung Fehler, die ihnen Chancen unnötig verbauen.

▪ Massenmails

Ähnlich verpönt wie Serienbriefe bei der schriftlichen Bewerbung sind bei der Online-Bewerbung Massenmails mit allgemein formulierten Aussagen und ohne direkten Bezug zum Unternehmen. Wenn Sie Pech haben, landen solche E-Mails sofort im „Papierkorb".

▪ Nicht lesbare Bewerbungen

Noch häufiger als Massenmails sind nicht lesbare E-Mails. Achten Sie bei der Gestaltung (Schriftgröße und -art, Absatzformatierungen, Hervorhebungen etc.) darauf, dass der Leser den Überblick bewahrt und speichern Sie die Anlagen in den gängigen Dateiformaten („*.txt", „*.doc", „*.rtf") .

▪ Bewerber entspricht nicht dem Anforderungsprofil

Prüfen Sie gewissenhaft die Anforderungen des Unternehmens

Auch Internetanzeigen müssen konzentriert gelesen werden. Prüfen Sie bei einer Print-Anzeige die Anforderungen des Unternehmens und gleichen Sie sie mit Ihrem persönlichen Profil ab. Wozu die ganze Mühe, wenn Sie für die Position gar nicht der geeignete Kandidat sind? Oder, die andere Möglichkeit: Sie entsprächen zwar dem Anforderungsprofil, versäumen es aber, die notwendigen Qualifikationen ins rechte Licht zu rücken.

▪ Zu allgemein gehaltene Kurzanfragen

Viele Bewerber neigen dazu, vor der eigentlichen Bewerbung eine Kurzanfrage an das Unternehmen zu senden, um den aktuellen Bedarf zu erfragen. Leider sind diese Anfragen in den meisten Fällen so allgemein gehalten, dass die zuständigen Personalbeauftragten viel Energie und Zeit aufwenden müssten, um sie detailliert zu beantworten. Ergebnis: Der Bewerber erhält keine oder nur eine vage Auskunft.

▪ Unklar, auf welche Position sich der Bewerber meldet

In 90 Prozent aller Fälle vergessen Bewerber mitzuteilen, für welche Position sie sich interessieren. Anhand des Profils muss dann geprüft werden, welche Stelle es denn sein könnte. Gehen Sie davon aus, dass nicht jedes Unternehmen bereit ist, Ihr Profil mit mehreren ausgeschriebenen Positionen abzugleichen.

▪ Umgangssprache

Achten Sie auf einen höflichen Umgangston

Oft verführt das Internet dazu, mit dem Personalchef als „Kumpel" zu kommunizieren. Ein höflicher und gepflegter Umgangston ist jedoch auch online Grundvoraussetzung einer ansprechenden Bewerbung. Flapsige, umgangssprachliche Töne haben in einem E-Mail-Anschreiben nichts zu suchen.

10 goldene Regeln für die erfolgreiche Online-Bewerbung

1. Behandeln Sie eine Online-Bewerbung wie eine klassische schriftliche Bewerbung.
2. Verwenden Sie beim Versenden Ihrer Online-Anfrage kein Firmen-Account, sondern eine private, neutrale Adresse.
3. Schicken Sie Ihre Anfrage nicht ins Blaue, sondern an einen konkreten Ansprechpartner. Fragen Sie zur Sicherheit im Unternehmen nach.
4. Versenden Sie individuelle E-Mails. Vermeiden Sie Auflistungen im Feld „Cc“ bzw. „Bcc“.
5. Füllen Sie das Feld „Betreff“ bzw. „Subject“ aus. Nennen Sie darin die Position, für die Sie sich bewerben. Fassen Sie die Anfrage in Schlagworten zusammen.
6. Formulieren Sie Ihre Anfrage kurz und prägnant.
7. Achten Sie auf Ihre Sprache und einen höflichen Umgangston.
8. Kontrollieren Sie vor dem Absenden der Anfrage den Text nochmals auf Rechtschreibung und Syntax. Lassen Sie die E-Mail zur Sicherheit gegenlesen.
9. Versenden Sie Anlagen in heute üblichen und lesbaren Formaten, wie „*.txt“, „*.doc“ bzw. „*.rtf“.
10. Senden Sie nur dann eine Online-Bewerbung, wenn dies vom Unternehmen ausdrücklich gewünscht wird.

Auf der Zielgeraden – Der Endspurt

Geschafft: Die Bewerbung ist unter Dach und Fach und auf dem Weg zu Ihrem Traumunternehmen. Eine Verschnaufpause haben Sie sich jetzt sicherlich verdient, aber abwarten und Tee trinken können Sie deshalb nicht. Nun sind Sie erst recht gefragt, denn Ihre Bewerbung ist zum jetzigen Zeitpunkt noch nicht abgeschlossen. Was sollen Sie unternehmen, wenn das Unternehmen sich nicht bei Ihnen meldet? Oder wenn die Unterlagen nach kürzester Zeit wieder in Ihrem Briefkasten liegen, wie sollen Sie reagieren? Notieren Sie sich genau, wann Sie eine Bewerbung an welches Unternehmen versandt haben und setzen Sie sich einen Zeitpunkt, wann Sie frühestens nachhaken wollen.

Nachgehakt – Der günstigste Zeitpunkt

Telefonisches Nachhaken ist durchaus zulässig, doch der Zeitpunkt will klug gewählt sein. Bedenken Sie bei Ihrer Fristsetzung: Alles braucht seine Zeit. Zunächst geht Ihre Bewerbung über den Postweg und wird betriebsintern weitergeleitet, bis sie den Personalverantwortlichen überhaupt erreicht. Dieser benötigt schließlich eine gewisse Zeit für das Sichten der Unterlagen und das Erstellen des Eingangsbriefes. Nicht zu vergessen: der Postweg retour an Ihre Adresse. Sie sollten also mindestens 14 Tage verstreichen lassen, ehe Sie bei dem Unternehmen nachhaken.

Bei der Abteilung Berufsausbildung der BMW AG am Standort München werden die Bewerber, nach Auskunft des Leiters Bernhard Hofer, innerhalb von drei Wochen mit einer Einladung zum Test oder einer Absage benachrichtigt. Die Eingangsbestätigung geht innerhalb von einer Woche raus. Joachim Lergenmüller, Personalreferent der Deutschen Ärzte-Versicherung AG hält Nachhaken nur dann für sinnvoll, wenn sich eine Verzögerung ergibt: „In aller Regel bemühen wir uns, den Kandidaten schnellstmöglich zu antworten, gegebenenfalls per Zwischenbescheid." Robert F. Zaal, Geschäftsführer der ASK Consulting Services hält eine Fristsetzung von etwa einem Monat für empfehlenswert. „Wenn vereinbart wurde, dass sich das Unternehmen unaufgefordert meldet, sollte der Bewerber zunächst auf eine Benachrichtigung warten. Gegen ein Nachhaken nach circa vier Wochen ist nichts einzuwenden, es zeigt deutliches Interesse."

„Nervensägen" unerwünscht

Machen Sie sich nicht unbeliebt, indem Sie schon nach wenigen Tagen „auf der Matte stehen": Es wäre schade, wenn der Unternehmensvertreter Ihre Unterlagen mit dem Vermerk „Nervensäge" auf die Seite legt. Wählen Sie stattdessen den goldenen Mittelweg, auch bei der Online-Bewerbung. Obwohl Ihre Anfrage noch am gleichen Tag beim Empfänger eintrifft und theoretisch gleich bearbeitet werden kann, heißt das nicht, dass Sie sofort nachhaken sollen.

Nachhaken, aber wie?

Wer nachhakt, begibt sich auf eine Gratwanderung. Sie möchten schließlich schnellstmöglich den Bearbeitungsstand Ihrer Bewerbungen erfahren, vielleicht sogar den Bewerbungsprozess beschleunigen, indem Sie auf sich aufmerksam machen. Doch wie gehen Sie am geschicktesten vor, ohne negativ aufzufallen?

Keine Reaktion auf Ihre Initiativbewerbung

Greifen Sie zum Telefonhörer

Haben Sie initiativ, also ohne Aufforderung, Ihre Unterlagen an ein Unternehmen geschickt und weder eine Eingangsbestätigung noch eine Rückmeldung erhalten, so sollten Sie nach Ablauf Ihrer gesetzten Frist zum Telefonhörer greifen. Ziel Ihres Telefonats sollte primär die Bestätigung des Bewerbungseingangs sein. Es spricht allerdings nichts dagegen, den Personalverantwortlichen während des Gesprächs auf sich und die Bewerbungsunterlagen neugierig zu machen. Verkaufen Sie sich nachträglich als potenziellen Kandidaten für das Unternehmen. Nehmen Sie jedoch wie bei jedem Telefonat Rücksicht auf Ihren Gesprächspartner, den Sie gerade bei einer aktuellen Tätigkeit stören. Erkundigen Sie sich, ob er Zeit für Sie hat, und rufen Sie lieber später noch einmal an.

Keine Reaktion auf Ihre Bewerbung auf Anfrage

Das Unternehmen hat Ihre Unterlagen angefordert bzw. Sie haben sich auf eine Anzeige hin beworben. In der Regel erhalten Sie nach kurzer Zeit ein Bestätigungsschreiben, dass Ihre Bewerbung eingegangen ist und die Bearbeitung

Unterlagen nochmals senden

noch einige Zeit in Anspruch nehmen wird. Bleibt dieses Schreiben mehr als zwei Wochen aus, so sollten Sie unbedingt nachfragen, ob die Unterlagen Ihr Ziel erreicht haben. Leider kommt es doch ab und zu vor, dass Schreiben auf dem Weg zum Ansprechpartner im Unternehmen verloren gehen. In diesem Fall sollten Sie Ihre Bewerbung nochmals an das Unternehmen senden. Zweite Möglichkeit: Wurde das Unternehmen von der Bewerbungsflut überwältigt, kann es durchaus sein, dass die schriftliche Eingangsbestätigung noch auf sich warten lässt. In jedem Fall erhalten Sie auf Ihre telefonische Anfrage eine Eingangsbestätigung.

Eine Absage – Was nun?

So weh es auch tun mag – Absagen sind unvermeidlich. Wenn Sie bereits im ersten Auswahlverfahren gescheitert sind, können die Gründe vielfältig sein:

Gründe einer Absage

- formale Fehler;
- mangelnde fachliche Qualifikation;
- mangelnde persönliche Qualifikation:
  Je nachdem, wie Sie Ihre Unterlagen aufbereitet haben, kann das Unternehmen Rückschlüsse auf Ihre Persönlichkeit ziehen;
- zu viele passende Bewerber, sodass man Sie eventuell in einem zweiten Durchgang berücksichtigt;
- die Position wird doch nicht mehr besetzt;
- die Anforderungen an die Position haben sich geändert.

Unser Tipp:

Machen Sie das Beste aus einer Ablehnung! Prüfen Sie nochmals Ihre Unterlagen. Waren Sie wirklich ehrlich? Haben Sie Ihr Profil mit dem des Unternehmens abgeglichen? Waren Sie im Anschreiben überzeugend? Haben Sie im Lebenslauf die Schwerpunkte auf die Position bezogen herausgearbeitet? Denken Sie, Sie könnten sich mit dem Unternehmen identifizieren?
Und: Bevor Sie resigniert aufgeben, weil Sie bereits die x-te Absage erhalten haben, gibt es immer noch Bewerberseminare, die Ihnen weiterhelfen können. Wer weiß, vielleicht haben Sie doch etwas übersehen.

Rückfragen bei einer Absage

Welchen Grund es für die Absage auch geben mag, am Boden zerstört müssen Sie nicht sein und die Flinte ins Korn werfen sollten Sie jetzt erst recht nicht. Machen Sie das Beste daraus und starten Sie mit neuem Elan den nächsten Versuch. Je nachdem, wie weit das Bewerbungsverfahren bereits gediehen ist, lohnt es sich auch hier nachzuhaken. Wenn Sie nach einer Initiativbewerbung oder einer Bewerbung auf eine ausgeschriebene Position bereits an der ersten Hürde gescheitert sind, können Sie sich die Mühe sparen. Bei der Flut der Eingänge wird Ihnen kein Personalchef den genauen Grund nennen können, warum gerade Ihre Bewerbung aussortiert wurde. Wurde Ihnen dagegen eine Absage in einem späteren Stadium erteilt – beispielsweise nach einem Vorstellungsgespräch oder einem Einstellungstest – sollten Sie auf jeden Fall der Sache auf den Grund gehen. Schließlich möchten Sie, falls Ihnen ein Fehler unterlaufen ist, diesen nicht noch einmal begehen.

Der Absage auf den Grund gehen

Wenn sich die Absagen häufen

Sicherlich ist es heutzutage keine einfache Aufgabe, den Traumjob zu ergattern. Dennoch sollten hundert Bewerbungen oder mehr wirklich nicht die Regel sein. Bereits nach dem zehnten Versuch sollten Sie sich ernsthaft fragen, warum der Erfolg ausbleibt. Gehen Sie nochmals aufmerksam über Ihre Unterlagen:

Checkliste

- ☑ Haben Sie die Stellenanzeige richtig analysiert?
- ☑ Sind Sie für die ausgeschriebene Position wirklich qualifiziert?
- ☑ Ist Ihre Bewerbungsmappe vollständig?
- ☑ Haben Sie Ihr Anschreiben individuell auf die ausgeschriebene Position abgestimmt?
- ☑ Haben Sie gegenüber dem Unternehmen explizit herausgestellt, was Sie für die Position qualifiziert oder gehören Sie zu denjenigen Bewerbern, die ihr persönliches Wohl in den Vordergrund stellen?

Lassen Sie sich beraten

Wenn Sie all diese Fragen mit „Ja“ beantwortet haben, sollten Sie sich eventuell beraten lassen. Lassen Sie beispielsweise Ihre Bewerbung von einer Person Ihres Vertrauens checken. Wie lautet ihr Feedback? Möglicherweise finden Sie gemeinsam einen besseren Weg. Selbstverständlich können Sie sich auch an Firmen wenden, die sich darauf spezialisiert haben, Bewerbungsunterlagen zu prüfen. Die Deutsche Post AG etwa bietet einen kostenlosen Bewerbercheck an. „Positive und negative Kritik, Tipps und konkrete Verbesserungsvorschläge sowie ein ausführliches Gutachten berät Sie umfassend und zielgenau“, so die

Versprechungen. Aber auch andere Anbieter wie der Akademische Dienst Berlin DM optimieren Ihre Bewerbungsunterlagen via Internet oder per Post. Und nicht zuletzt stehen Ihnen die Personalberater von Westerwelle Consulting & Media bei dieser Thematik gerne mit Rat und Tat zur Seite.

Leider sind diese Dienste oftmals kostenpflichtig. Erkundigen Sie sich daher vorab, welche Ausgaben auf Sie zukommen. Sehen Sie jedoch davon ab, Ihre Bewerbungsunterlagen komplett erstellen zu lassen. Sie mögen zwar die erste Hürde damit meistern, der Personalexperte merkt jedoch in den ersten Minuten des Interviews, dass Sie nicht der Verfasser der Bewerbungsmappe sein können. Es fällt einfach auf, wenn Sie mit einem perfekt formulierten Anschreiben aufwarten und im Vorstellungsgespräch ein völlig anderes Vokabular verwenden.

Passt die Position wirklich zu Ihnen?

Unter Umständen sollten Sie bei der Frage nach dem ausbleibenden Erfolg im Bewerbungsprozess noch einen Schritt weiter zurückgehen. Möglicherweise bewerben Sie sich bislang für Positionen, von denen Sie zwar überzeugt sind, dass sie Ihren Vorstellungen eines Traumjobs entsprechen, die in Wirklichkeit aber nicht zu Ihnen passen. Auch in diesem Fall sollten Sie entweder Freunde und Bekannte zu Rate ziehen, um Ihre Stärken und Schwächen zu analysieren oder aber externe Hilfe suchen. Das heißt keinesfalls, dass Sie den Gang zum Psychiater antreten sollen. Es gibt jedoch für diese Fälle Unternehmen, die Ihnen helfen können, durch geschickte Fragestellungen Ihre persönlichen Stärken und Schwachstellen zu analysieren.

Psychotests zur Ursachenforschung

Eine andere Möglichkeit der Ursachenforschung sind so genannte Psychotests, unter denen man beispielsweise Rationalitäts-, Selbstsicherheits-, Stress- oder Persönlichkeitstests versteht. Was verbirgt sich hinter den einzelnen Tests?

▪ Rationalitätstest

Rationales Verhalten gilt als wesentliches Persönlichkeitsmerkmal für Führungskräfte. Unter Stress kann rationales in irrationales Verhalten umschlagen und den Erfolg eines gesamten Projekts in Frage stellen. Wie steht es um Ihre Rationalität?

▪ Selbstsicherheitstest

Unsichere Menschen neigen dazu, Aggressionen aufzustauen und plötzlich, ohne ersichtliche Ursache, aufbrausend zu reagieren. Für das Betriebsklima ist ein solches Verhalten natürlich nicht sehr vorteilhaft. Überprüfen Sie Ihre eigene Selbstsicherheit.

■ **Stresstest**

Ein interessanter Job kann zuweilen sehr kräftezehrend und nervenaufreibend sein - da gilt es, einen kühlen Kopf zu bewahren. Hält Ihr Nervenkostüm dem Druck stand?

■ **Persönlichkeitstest**

Sind Sie ein eher aufbrausender oder ein ruhiger Typ? Sind Sie verschlossen oder offen gegenüber Ihren Kollegen? Nach diesem Test werden Sie es wissen.

■ **Motivationstest**

Haben Sie das Zeug, Karriere zu machen? Testen Sie Ihre Motivationsfähigkeit und finden Sie heraus, welcher Job am besten zu Ihnen passt.

Der „Streueffekt“ führt selten zum Ziel

Vermeiden Sie es, Bewerbungen zu streuen. Gehen Sie es stattdessen gezielt an. Nur wenn Sie genau wissen, wer Sie sind, was Sie wollen und wohin die Reise gehen soll, sind Sie optimal gerüstet, um sich erfolgreich zu bewerben. Mit dieser Selbstsicherheit verkraften Sie dann auch die ein oder andere Absage. Aber Sie müssen in jedem Fall ehrlich zu sich selbst sein. Auch wenn Sie noch so qualifiziert sind: Sind Sie vielleicht doch noch zu jung und unerfahren? Sind Sie möglicherweise zu alt für die ausgeschriebene Position, zu wenig originell - oder aber einfach wirklich nur ein Pechvogel? In Ihrem Elan sollten Sie sich dennoch nicht bremsen lassen. Seien Sie überzeugt von sich, holen Sie tief Luft und gehen Sie mit ganzer Energie in die nächste Bewerbungsrunde.

Im Ziel – Geschafft?

Erwartungsvoll öffnen Sie Ihren Briefkasten und entdecken einen Brief mit dem Firmenstempel Ihres Traumunternehmens. Bereits an der Größe des Umschlags erkennen Sie: Es ist keine Absage, dafür ist der Brief zu klein. Ihr Herz beginnt schneller zu schlagen. Leicht nervös öffnen Sie den Umschlag. Ein Zwischenbescheid? Nur eine Info? Nein, die Einladung zum Gespräch: „Lieber Bewerber/Liebe Bewerberin, Ihre schriftlichen Unterlagen haben uns überzeugt. Wir würden Sie gerne kennen lernen."

Die erste Hürde ist geschafft. Gratulation! Sie haben mit Ihren schriftlichen Unterlagen überzeugt. Das Unternehmen, bei dem Sie sich beworben haben, hält Sie fachlich für die Stelle geeignet und lädt Sie zu einem Vorstellungsgespräch ein. Machen Sie sich nun klar, worum es bei diesem persönlichen Treffen geht – aus Ihrer Perspektive, aber auch aus Sicht des Unternehmens.

Die Einladung zum Vorstellungsgespräch

Jetzt werden Sie vor Ort auf Herz und Nieren geprüft

Jetzt beginnt die Arbeit erst richtig. Schließlich möchten Sie nicht nur schriftlich brillieren, sondern dem Unternehmen beweisen, dass Sie auch persönlich der gesuchte Kandidat sind. Das bedeutet aber, dass Sie sich im nächsten Schritt genauso intensiv auf das Vorstellungsgespräch vorbereiten, wie Sie es für die schriftliche bzw. die Online-Bewerbung bereits getan haben – denn jetzt werden Sie vor Ort auf Herz und Nieren geprüft.

In diesem Stadium der Bewerbung geht es nicht mehr allein um Ihre Argumentation, warum Sie sich für eine Position bewerben und was Sie qualifiziert, sondern auch um Ihre Fragen an das Unternehmen und umgekehrt. Was erwarten Sie von dem Unternehmen und der neuen Arbeitsstelle, was das Unternehmen von Ihnen? Und: Decken sich diese Erwartungen? Gehen Sie strategisch vor: Bereiten Sie sich bereits im Vorfeld auf gängige Fragestellungen von Seiten des Unternehmens vor und machen Sie sich ebenfalls Gedanken über eigene Fragen.

Der Gesprächspartner

Auch beim Interview gilt: Auf die Vorbereitung kommt es an

Noch hatten Sie - außer vielleicht in einem telefonischen Vorabgespräch - keinen persönlichen Kontakt zu dem zuständigen Personalleiter. Jetzt aber sitzt er Ihnen leibhaftig gegenüber. Wer ist Ihr Gesprächspartner? Welche Position im Unternehmen hat er inne, welcher Abteilung gehört er an? Es ist ein Unterschied, ob Sie einem Vertreter der Personalabteilung oder der Fachabteilung gegenüber sitzen. Fachverantwortliche werden überwiegend Ihre fachlichen Qualifikationen checken, während Personalverantwortliche eher prüfen, ob Sie ins Unternehmen passen. Oft nehmen beide an dem Vorstellungsgespräch teil. Bereiten Sie sich also entsprechend vor.

Gesprächsarten

▪ Das telefonische Job-Interview

Immer mehr Firmen gehen dazu über, das erste Gespräch ans Telefon zu verlegen. Es spart nicht nur Zeit, sondern auch Reisekosten. Telefonische Interviews sind zwar im Kommen, jedoch noch nicht so weit verbreitet. Sollten Sie jedoch in den Genuss eines Telefon-Interviews kommen, stehen Sie genauso im Rampenlicht, als wären Sie vor Ort.

▪ Das persönliche Interview

Unter dem persönlichen Interview versteht man das herkömmliche Vorstellungsgespräch auf fachlicher oder eher allgemein gehaltener Ebene.

▪ Assessment-Center

Ziel der so genannten Assessment-Center (AC) ist es, Ihre Kompetenz bezüglich der vorgesehenen Position im Rahmen einer testgesteuerten Personalauslese festzustellen. Mit Hilfe verschiedener Übungen werden Teilnehmer einzeln oder in Gruppen mit Situationen, Aufgaben und Problemen des beruflichen Alltags konfrontiert. Jede Übung dient dem Zweck, möglichst praxisbezogene Situationen zu simulieren, um verschiedene Fähigkeiten/Verhaltensweisen der Teilnehmer zu beobachten und zu bewerten. Dazu gehören:

Mögliche Bewertungskriterien

- analytisches Denken
- soziale Kompetenz
- Aktivität und Motivation
- Auftreten und Persönlichkeit

Assessment-Center werden auf allen Ebenen durchgeführt und sind in der Regel speziell auf die zu besetzende Stelle zugeschnitten. Auch Auszubildende können mit diesem Verfahren getestet werden.

- **Auswahltage**

Drum prüfe, wer sich ewig bindet

Auswahltage sind eine Sonderform des Vorstellungsgesprächs, bei dem sich Bewerber und Firmenvertreter an attraktiven Orten zum unverbindlichen Kennenlernen treffen. Ob gemütlicher „coffee talk" wie bei Andersen Consulting oder ein Segeltörn im Mittelmeer, wie McKinsey es unlängst angeboten hat - Ziel ist es, dass sich beide Seiten hautnah erleben. Am Ende wissen beide Parteien meist ziemlich genau, ob sie sich auf ewig binden wollen. Einschränkend muss hier jedoch erwähnt werden, dass diese Events immer noch den Akademikern vorbehalten sind. Schade eigentlich!

- **(Recruiting-)Messen**

Auch das kommt vor: Sie haben sich schriftlich beworben und man bittet Sie zu einem Gespräch auf einer Messe. Ein ungewöhnlicher Ort, um ein Gespräch zu führen? Nicht unbedingt. Auch auf Messen erleben Sie den Geist eines Unternehmens. Wie präsentiert sich das Unternehmen? Wie geben sich die Mitarbeiter? Wie gehen Sie miteinander um? Führen Sie das Gespräch in ungewohnter Umgebung genauso professionell als wären Sie vor Ort.

- **Probearbeiten**

In Handwerksberufen durchaus üblich

In Handwerksberufen ist Probearbeiten durchaus üblich. Dabei werden Bewerber eingeladen und gebeten, ihre Fähigkeiten im Betrieb unter Beweis zu stellen. Nutzen Sie diese Chance als Möglichkeit, um zu zeigen, was in Ihnen steckt.

Sollten Sie noch Berufseinsteiger sein und zu den verzweifelten Arbeitssuchenden gehören, verzagen Sie nicht. Denken Sie doch einmal darüber nach, Ihre Arbeitskraft für einige Zeit umsonst zur Verfügung zu stellen. Dem Unternehmen entstehen keine Kosten und Sie haben die Möglichkeit, sich unentbehrlich zu machen.

Sie sehen, mit Ihrer schriftlichen Bewerbung haben Sie Ihr Ziel zwar erreicht, auf dem Weg zum Arbeitsvertrag sind jedoch noch Hürden zu überwinden.

Organisatorisches

Vor einem Vorstellungsgespräch darf natürlich auch der organisatorische Teil nicht vergessen werden. Denn selbst die gründlichste Vorbereitung ist vergebens, wenn Sie eine Stunde später als vereinbart zum Interview erscheinen und Ihr Ansprechpartner bereits in der nächsten Besprechung sitzt.

▪ Anreise

Planen Sie Ihre Anreise in jedem Fall so, dass Sie trotz Stau, Parkplatzsuche oder anderer Unwegsamkeiten rechtzeitig zu Ihrem Termin erscheinen. Nichts macht einen schlechteren Eindruck als die Interviewpartner warten zu lassen, um schließlich verspätet, verschwitzt und abgehetzt im Unternehmen aufzutauchen. Sollten Sie trotz gründlichster Planung den Termin nicht einhalten können – sei es wegen Krankheit, einer Vollsperrung auf der Autobahn oder anderen Ursachen, die außerhalb Ihrer Macht liegen – so teilen Sie dies dem Unternehmen rechtzeitig mit. Kreditkarte, Scheck, Bargeld, Telefonkarte, Münzen zum Telefonieren, wenn möglich ein Mobiltelefon sowie die Adresse des Unternehmens, die Telefonnummer des Gesprächspartners und ein Stadtplan gehören für solche Eventualitäten zum Survival-Set eines jeden Bewerbers.

Teilen Sie eine Verspätung rechtzeitig mit

▪ Reisekosten

Auch die Frage nach den Reisekosten sollten Sie nicht unbeachtet lassen. Wenn der Arbeitgeber einen Bewerber auffordert, sich persönlich bei ihm vorzustellen, dann ist der Arbeitgeber verpflichtet, die damit verbundenen Vorstellungskosten auch ohne eine besondere Vereinbarung zu übernehmen und gegen Vorlage von Belegen zu erstatten. Dabei ist es unerheblich, ob es endgültig zur Einstellung eines Bewerbers kommt. Fragen Sie unbedingt nach!

▪ Kleidung

Nicht außer Acht lassen sollten Sie auch die Frage nach dem passenden Outfit. Schließlich gehört auch die äußere Erscheinung zum Gesamtbild eines Kandidaten. Eine übertriebene „Verkleidung" mit Cocktailkleid oder Smoking ist genauso unangemessen wie grelle Farben, überladener Schmuck oder auffälliges Make-up. Mit einem gediegenen, vornehmen Outfit in dezenten Farben und einer gepflegten Erscheinung liegen Sie meist richtig.

Ordentlich und dezent fahren Sie am besten

Unternehmensinformationen

Behörden, Institutionen und Dienstleister

DIHK

Die Industrie- und Handelskammern der Region informieren über Einträge ins Handelsregister. Die Adresse der gewünschten IHK erfahren Sie unter:

Internet: http://www.ihk.de
Adresse: Deutsche Industrie- und Handelskammer
Adenauerallee 148, 53113 Bonn
Tel.: 02 28/10 40; Fax: 02 28/10 41 58

mediapress

mediapress stellt Informationen über Firmen wie Rechtsform, Gründungsjahr, Stammkapital, Geschäftsführer, Tätigkeit, Mitarbeiterzahl, Umsatz und Anschrift zur Verfügung - kostenpflichtig.

Internet: http://mediapress.com/index.html
Adresse: mediapress GbR
Alexanderstraße 13, 70184 Stuttgart
Tel.: 07 11/2 36 23 63; Fax: 07 11/2 36 23 64

Datakom (Österreich)

Bei Datakom finden Sie unter anderem das CMD-Handelsregister mit Informationen über Unternehmen in Österreich und Ungarn. Die Recherchen sind kostenpflichtig.

Internet: http://www.datakom.at/index.html
Adresse: Datakom Austria GmbH
Wiedner Hauptstraße 73, A-1040 Wien
Tel.: +43 (1) 5 01 45-369; Fax: +43 (1) 5 01 45 - 391

Arbeitsmarktservice für Akademiker (Österreich)

Einer der besten Ansprechpartner auf der Suche nach Unternehmensinformationen. Interessierte finden hier vor allem sämtliche Firmenführer.

Adresse: Arbeitsmarktservice für Akademiker
Dr. Gertrude Aumüllner
Reichsratstraße 11, A-1010 Wien
Tel.: +43 (1) 8 17 45 56-0

bzw. **Jungakademikerservice**
Tel.: +43 (1) 4 08 57 57 oder 4 08 57

Teledata (Schweiz)

Teledata stellt ähnlich wie mediapress in Deutschland Informationen über Schweizer Unternehmen zur Verfügung - kostenlos.

Internet: http://www.teledata.ch/secure/Logon-vertrag-D.html
Adresse: Teledata AG
Postfach 8324, CH-8036 Zürich
Tel.: +41 (1) 4 66 61 61; Fax: +41 (1) 4 66 61 62
E-Mail: info@teledata.ch

Nachschlagewerke/Fachliteratur

Hoppenstedt: Adressbuch Wirtschaft 99. Wilhelm Heyne Verlag: 1998

Hoppenstedt: Banken-Jahrbuch. Hoppenstedt Verlag: 1997 (auch als CD-ROM erhältlich)

Hoppenstedt: Der Deutsche Maschinen- und Anlagenbau. Unternehmensprofile. Hoppenstedt Verlag: 1997

Hoppenstedt: Firmen der neuen Bundesländer. Hoppenstedt Verlag: 1997

Hoppenstedt: Große und mittelständische Unternehmen in Österreich. Die 10000 größten Unternehmen in Österreich. 2 Bde. Hoppenstedt Verlag: 1997

Hoppenstedt: Großunternehmen. Hoppenstedt Verlag: 1997 (auch als CD-ROM erhältlich)

Hoppenstedt: Handbuch der Großunternehmen 1999. Hoppenstedt Verlag: 1997 (auch als CD-ROM erhältlich)

Hoppenstedt: Mittelständische Unternehmen. Hoppenstedt Verlag: 1997 (auch als CD-ROM erhältlich)

Hoppenstedt: Verbände, Behörden, Organisationen der Wirtschaft, Hoppenstedt Verlag: 1996 (auch als CD-ROM erhältlich)

Schmacke, Ernst; Jaeckel, Rolf (Hrsg.): Die Großen 500. Deutschlands Top-Unternehmen mit Anschriften, Umsätzen und Management. Loseblattausgabe. 2 Ordner. Hermann Luchterhand Verlag: 1996

Wer gehört zu wem? Beteiligungsverhältnisse in Deutschland. CD-ROM. Heureka-Klett Verlag: 1999 (auch als Buch bei der Commerzbank erhältlich)

Bewerbungen

Allgemeine Literaturhinweise

Brenner, Frank: Sich bewerben und vorstellen. Humboldt-Taschenbuch-Verlag Jacobi: 1996

Friedrich, Hans: Gezielt bewerben, Einstellungshürden überwinden. Von Arbeitslosigkeit bis Studienabbruch. Falken Verlag: 1997

Göpfert, Georg: Die argumentative Bewerbung. Wege aus der Karrierefalle. dtv: 1995

Harmsen, Claus: Bewerbung 2000. Strategien für den Arbeitsmarkt der Zukunft. Falken Verlag: 1996

Harmsen, Claus: Bewerbung. Aktive Stellensuche, Optimale Bewerbungsunterlagen, Überzeugende Vorstellungsgespräche, Mit Sonderkapitel: Bewerben im Internet. Falken Verlag

Hesse, Jürgen; Schrader, Hans Christian: Das Einmaleins der erfolgreichen Bewerbung. Perfekte schriftliche Bewerbung, überzeugendes Vorstellungsgespräch, geschickte Gehaltsverhandlung. Vito von Eichborn Verlag: 1996

Ibelgaufts, Renate: Bewerben & überzeugen. Die besten Bewerbungstipps. So kriegen Sie den Job! Anzeigen richtig auswerten, perfekte Bewerbungsunterlagen erstellen, erfolgreiche Vorstellungsgespräche führen. Mit vielen Mustertexten. Tandem Verlag: 1999

Kratz, Hans-Jürgen: Handbuch Bewerbung. So finden Sie den richtigen Arbeitsplatz. Walhalla und Praetoria Verlag: 1995

List, Karl-Heinz: Neue Wege der Stellensuche. Wie Sie Ihre Chancen auf dem Arbeitsmarkt verbessern. dtv: 1997

Nasemann, Andrea: Richtig bewerben. Praktische Hinweise für die Stellensuche, Inhalt und Form der Bewerbung, alle Rechtsfragen zu Vorstellungsgespräch und Eignungstest. dtv: 1997

Raabe, Klaus: Karrierechance Bewerbung. Strategie und Taktik des Erfolgs. Schäffer-Poeschel Verlag: 1996

Theiß, Marlen; Volz, Winfried: Bewerber-Training. Integrierte Vorgehensweise. Modul Verlag: 1997

Literaturhinweise: Online-Bewerbung

Hepp, Martin: Das Internet-Bewerbungsbuch. Heiße Tips fürs coole Netz. Die besten Adressen, die vielversprechendsten Firmen und Personalberater, die lukrativsten Jobs. So bewerben Sie sich richtig. So schalten Sie Ihre Internet-Anzeige. moderne industrie ag Verlag: 1996

Hesse, Jürgen; Schrader, Hans Christian: Erfolgreiche Bewerbung und Stellensuche im Internet. Der neue Weg zum Job. Vito von Eichborn Verlag: 1998

Metzger, Roland; Funk, Christopher: Bewerben im Internet. Stellenangebote und Bewerbungen online. Falken Verlag: 1998

Internet

Online-Angebote

Akademischer Dienst Berlin
Infos rund um die Bewerbung mit vielen nützlichen Beispielen und einem Bewerbungs-Check-Up
http://www.akademischerdienst.de

Berufs-Karriere
Bewerben – aber richtig! Die elf wichtigsten Punkte für Ihre erfolgreiche Bewerbung
http://www.berufs-karriere.de/data_h/bkbewer.htm

Bewerbungs-Tips (Hrsg. Public Consult)
Hinweise, Beispiele und praktische Tipps für den Start in den Beruf
http://www.bw-tips.de

Champ
Informationen rund um die Bewerbung, vom Anschreiben bis zum Assessment-Center
http://www.champ.de

Consultants.de
Jobbörse und Beispiele rund um den erfolgreichen Berufseinstieg
http://www.consultants.de

Forum Jobline
Tipps zur Bewerbung im Inland und Ausland sowie zur Online-Bewerbung
http://www.forum-jobline.de/

Image Plus
Tipps zum äußeren Erscheinungsbild, zur Bewerbung allgemein und für Frauen speziell
ttp://ourworld.compuserve.com/homepages/ImagePlus/index.htm#Hier geht es um Sie

Job Service
Neben Stellenangeboten und Stellengesuchen viele Tipps und Infos zum Thema Bewerbung
http://jobs.net-service.de/bewerbung.html

Jobware
Im Rahmen des Jobware-Ratgebers werden Ihnen Empfehlungen zur Verfügung gestellt wie beispielsweise alles rund um den Bewerbungsprozess, arbeitsrechtliche Problemstellungen oder ausgewählte steuerliche Aspekte
http://www1.jobware.de/ra/

Jova-Nova
Tolle Seiten mit sehr hilfreichen Tips zur Online-Bewerbung und allen Karrierefragen
http://www.jova-nova.com/

objektiv. Karriere & Erfolg
Viele praktische Tipps und Hinweise, um im Bewerberdschungel zu überleben
http://www.authentisch-bewerben.de/

Westerwelle Consulting & Media GmbH
Ob schriftliche Bewerbung oder Online-Bewerbung – die Berater von Westerwelle checken Ihre Unterlagen und geben Ihnen ein ausführliches Feedback
http://www.westerwelle.de

Jobbörsen

Arbeit-Online
Bewerber können kostenlos ein Stellengesuch schalten und/oder Stellenangebote durchsuchen und sich direkt online bewerben. Auf Wunsch werden passende Stellenangebote kostenlos per E-Mail an den Bewerber weitergeleitet.
http://www.arbeit-online.de

Arbeitsbörse
Ganzheitlicher Ansatz von Arbeit: Die Arbeitsbörse vermittelt Infrastruktur, Aufträge, Arbeitsplätze und Mitarbeiter. Bewerber können zunächst eine Online-Kurzbewerbung aufgeben. Die Unterlagen werden dann weitergereicht
http://www.arbeitsboerse.de/

Arbeitsmarkt-Online
Stellengesuche und Chiffre-Inserate können kostenlos geschaltet werden.
http://www.mamas.de

Bundesanstalt für Arbeit
Nach wie vor der größte Anbieter in Deutschland mit aktuellen Stellengesuchen und -angeboten. Stellenangebote sind bei Arbeitslosigkeit kostenlos
http://www.arbeitsamt.de

C.E.S.A.R.
C.E.S.A.R. steht für „Central Employment Search And Retrieval" und enthält Berufe von „A bis Z". Wer ein Gesuch aufgeben will, lässt sich vom TalentScout registrieren. Für Arbeitssuchende kostet die Registrierung nichts
http://www.cesar.de

Consultants.de
Stellengesuche können kostenlos für acht Wochen geschaltet und auch verlängert werden. Auch für Freiberufler
http://www.consultants.de

Deutscher Stellenmarkt
Stellengesuche können kostenlos aufgegeben werden. Die Daten werden an interessierte Unternehmen weitergeleitet
http://www.deutscher-stellenmarkt.de

Job 24
Job24 bietet Stellenangebote rund um die Uhr parallel im Internet und über Faxabruf an. Stellengesuche sind nicht möglich
http://www.job24.de/

Jobinteractive
Stellenmarkt für Deutschland, Österreich und die Schweiz mit vielen Angeboten im Bereich Datenverarbeitung. Vier Wochen lang bekommt man kostenlos ein Plätzchen für maximal 3000 Zeichen Text. Dafür muss der Bewerber allerdings persönliche Daten verraten
http://www.jobinteractive.de

JobNET
Stellenangebote und -gesuche sind kostenpflichtig (Ausnahme: Stellengesuche für Studenten)
http://www.jobnet.de

job news
Stellengesuche kann nur aufgeben, wer Kunde ist. Stellengesuche ohne Chiffre sind dann für sechs Wochen kostenlos. Chiffre-Anzeigen und aufwändigere Stellengesuche sind kostenpflichtig
http://www.job-news.de/

Job-Office
Stellengesuche werden vier Wochen kostenlos geschaltet und danach gelöscht
http://www.job-office.de

Jobpilot
Ausführliche Darstellung von Unternehmen. Wer Karriere im Hochschulbereich machen will, findet hier eine Seite mit Stellenangeboten aus dem Bereich Forschung und Lehre. Ein Jobticker enthält laufend neue Angebote
http://www.jobpilot.de

Jobpool
Viele branchenübergreifende Stellenangebote, Stellengesuche sind allerdings nicht möglich
http://www.jobpool.de

Jobs & Adverts
Kostenloser „Premium-Service", bestehend aus einer persönlichen Startseite, einem E-Mail-Service und dem eigentlichen Stellengesuch. Ein Jobagent informiert den Bewerber automatisch über passende Positionen
http://www.job.de

Job-Suche.de
Die Veröffentlichung von Stellengesuchen ist kostenlos. Zusätzliche Informationen rund um die Themen Internet, Job und Karriere
http://www.jobssuche.de

JobTicket
Allgemeine Stellenbörse nach Berufsgruppen unterteilt. Arbeitnehmer können ein kostenloses Benutzerkonto anlegen und darüber ein Stellengesuch veröffentlichen
http://www.jobticket.de

Jobware
Viel Informationen für Stellensuchende. Stellengesuche sind jedoch nicht möglich
http://www.jobware.de

Karriere direkt
Eine der größten deutschen Stellenbörsen im Web mit kostenlosen Stellengesuchen, die 60 Tage lang veröffentlicht werden
http://www.karrieredirekt.de

NETZMARKT-Stellenbörse
Stellenmarkt im ersten Internet-Kaufhaus Deutschlands mit kostenlosen Stellengesuchen
http://www.netzmarkt.de/jobs/stb01.htm

Stellenbörse
Ein Angebot von TMP Fossler, einer der führenden Personal-Marketing-Agenturen in Deutschland. Stellengesuche werden kostenlos für sechs Wochen geschaltet
http://www.stellenboerse.de

StepStone
StepStone registriert Jobs aus nahezu allen Bereichen. Stellengesuche samt anonymisiertem Kurzlebenslauf können für 100 Tage kostenlos in den so genannten Bewerberpool gestellt werden
http://www.stepstone.de

Wirtschaftswoche
Allgemeine Jobbörse mit vielen Informationen und Tipps rund um Beruf und Karriere. Stellengesuche sind allerdings nicht möglich
http://www.wirtschaftswoche.de

Jobsuchmaschinen

DINO – Marktplatz – Arbeitsmarkt
Marktplatz für Jobbörsen
http://www.dino-online.de/seiten/go60sa.htm

JobRobot – die deutsche Job-Suchmaschine
JobRobot durchforstet mehr als 100 Online-Stellenmärkte, Websites von Firmen und Personalberatungen. Stellengesuche können kostenlos im Internet veröffentlicht werden
http://www.jobrobot.de

JobWorld
Meta-Suchmaschine, die Stellengesuche kostenlos an bis zu 20 Jobbörsen weiterleitet und die Angebote gut strukturiert ausgibt
http://www.jobworld.de

ZEIT-Robot
Im Bereich Lehre und Forschung der größte Stellenmarkt Deutschlands. Der Stellenmarkt der ZEIT kann zur Zeit noch kostenlos per eMail abonniert werden
http://www.jobs.zeit.de

Jobbörsen in Österreich

austropersonal
Laut eigenen Angaben Österreichs größter und erfolgreichster Stellenmarkt. Die Gründungs-Gesellschafter von austropersonal sind bereits seit 1983 im Bereich der Personaldienstleistungen tätig und seit 1995 mit dem Online Career Center im Internet vertreten
http://www.austropersonal.com

Online Jobbörse
Online Jobbörse ist ein Treffpunkt für Stellenanbieter und Stellensuchende innerhalb Österreichs, und all das – laut Anbieter – „kostenlos & unbürokratisch"
http://www.jobboerse.at

Jobbörsen in der Schweiz

Arbeitsbörse
Grundsätzlich können alle Arbeiten, die extern erledigt werden sollten, in der Börse ausgeschrieben werden; ob es sich um einen Druckauftrag und Preis- und Leistungsvergleiche handelt, um externe, virtuelle Fachkräfte oder hochqualifizierte Kräfte für den Dienstleistungssektor
http.//www.arbeitsboerse.de

DV-Job
Das Schweizer Pendant zum deutschen DV-Stellenmarkt. Stellensuchende haben die Möglichkeit, ihr Stellengesuch kostenlos in der Gesuchsdatenbank zu hinterlegen
http://www.dv-job.de

Interjob
Interjob ist eine eher kleine Jobbörse und richtet sich an Interessenten aus der Schweiz. Angebote wie auch Gesuche sind nach Kantonen gegliedert
http://www.interjob.ch/

JobClick
Das Stellenangebot von JobClick reicht von Jobs für Freelancer über Stellen für Fachkräfte bis hin zu Führungspositionen. Laut Anbieter ist JobClick der größte Online-Stellenmarkt der Schweiz
http://www.jobclick.ch/

Jobnet GmbH
Jobnet GmbH unterstützt Arbeitgeber, Arbeitnehmer, Personalberatungen und Weiterbildungsinstitute. Bewerber haben hier die Möglichkeit, nationale Stellenangebote und Weiterbildungsmöglichkeiten abzurufen, Stellengesuche aufzugeben sowie Tipps und Hilfen rund um das Erwerbsleben einzusehen
http://www.jobnet.ch

JOB Shop
Ziel des Anbieters ist es, im Internet eine zentrale Datenbank mit aktuellen Stelleninseraten zu betreiben, die alle Regionen der Schweiz berücksichtigt und branchenneutral ist
http://www.jobnet.ch

Universität St. Gallen
Stellenanzeigen von führenden Unternehmen für Absolventen der Universität St. Gallen und andere Interessenten
http://sigma.unisg.ch/~joboffer/

Register

Die Experten in diesem Buch

An dieser Stelle möchten wir uns ganz herzlich bei den vielen Experten und Bewerbern bedanken, die mit Ihren Tipps und Ratschlägen dem Buch die nötige Lebendigkeit verliehen haben. Ganz besonders möchten wir uns bei folgenden Experten bedanken:

- Iris Beuerle, Westerwelle Consulting & Media
- Michaela Frana, Westerwelle Consulting & Media
- Michael Gredler, Personalberater der CSD Management-Consulting GmbH, Wien und Innsbruck
- Bernhard Hofer, Leiter der Abteilung Berufsausbildung der BMW AG in München
- Jobware Online-Service GmbH, Paderborn
- Tobias Landsiegel vom Lako-Friseursalon, Hamburg
- Joachim Lergenmüller, Personalreferent der Deutschen Ärzte-Versicherung AG
- Dieter Möllhoff, Geschäftsführer der AXIS-Personalberatung, Düsseldorf
- Christine Öttl und Gitte Härter, objektiv. Management & Qualität in München
- Christian Witschel, Student der Wirtschaftsinformatik an der Privaten Fachhochschule Göttingen
- Robert F. Zaal, Geschäftsführer der ASK Consulting Services

An alle, die hier nicht namentlich aufgeführt wurden, ebenfalls nochmals vielen Dank für Ihre Unterstützung.

Das Autorenteam